Wolfgang Borchert
An diesem Dienstag.
Neunzehn Geschichten aus der Zeit
der Nachkriegsliteratur

AF065971

SEVERUS Verlag

Borchert, Wolfgang: An diesem Dienstag. Neunzehn Geschichten aus der Zeit der Nachkriegsliteratur. 2018
Neuauflage der Ausgabe von 1947
ISBN: 978-3-96345-092-1

Satz: Eva Neubert

Umschlaggestaltung: Annelie Lamers, SEVERUS Verlag
Umschlagmotiv: www.pixabay.com

Bibliografische Information der Deutschen Nationalbibliothek: Die Deutsche Nationalbibliothek verzeichnet diese Publikation in der Deutschen Nationalbibliografie; detaillierte bibliografische Daten sind im Internet über https://dnb.de abrufbar.

Der SEVERUS Verlag ist ein Imprint der Bedey & Thoms Media GmbH, Hermannstal 119k, 22119 Hamburg

---

SEVERUS Verlag, 2018
http://www.severus-verlag.de
Gedruckt in Deutschland
Der SEVERUS Verlag übernimmt keine juristische Verantwortung oder irgendeine Haftung für evtl. fehlerhafte Angaben und deren Folgen.

Wolfgang Borchert

An diesem Dienstag
Neunzehn Geschichten aus der Zeit
der Nachkriegsliteratur

MIX
Papier aus verantwortungsvollen Quellen
Paper from responsible sources
FSC® C105338

Inhalt

Im Schnee, im sauberen Schnee 3

  Die Kegelbahn 3

  Vier Soldaten..5

  Der viele viele Schnee 7

  Mein bleicher Bruder 10

  Jesus macht nicht mehr mit.. 14

  Die Katze war im Schnee erfroren.................................... 17

  Die Nachtigall singt 19

  Die drei dunklen Könige 22

  Radi.. 24

  An diesem Dienstag.. 28

Und keiner weiß wohin 33

  Der Kaffee ist undefinierbar... 33

  Die Küchenuhr 40

  Vielleicht hat sie ein rosa Hemd....................................... 43

  Unser kleiner Mozart... 45

  Das Känguru 52

  Nachts schlafen die Ratten doch...................................... 56

  Er hatte auch viel Ärger mit den Kriegen 59

  Im Mai, im Mai schrie der Kuckuck 67

  Die lange lange Straße lang 87

Meinem Vater

Im Schnee, im sauberen Schnee

Wir sind die Kegler.
Und wir selbst sind die Kugel
Aber wir sind auch die Kegel,
die stürzen.
Die Kegelbahn, auf der es donnert,
ist unser Herz.

Die Kegelbahn

Zwei Männer hatten ein Loch in die Erde gemacht. Es war ganz geräumig und beinahe gemütlich. Wie ein Grab. Man hielt es aus.

Vor sich hatten sie ein Gewehr. Das hatte einer erfunden, damit man damit auf Menschen schießen konnte. Meistens kannte man die Menschen gar nicht. Man verstand nicht mal ihre Sprache. Und sie hatten einem nichts getan. Aber man musste mit dem Gewehr auf sie schießen. Das hatte einer befohlen. Und damit man recht viele von ihnen erschießen konnte, hatte einer erfunden, dass das Gewehr mehr als sechzigmal in der Minute schoss. Dafür war er belohnt worden.

Etwas weiter ab von den beiden Männern war ein anderes Loch. Da kuckte ein Kopf raus, der einem Menschen gehörte. Er hatte eine Nase, die Parfüm riechen konnte. Augen, die eine Stadt oder eine Blume sehen konnten. Er hatte einen Mund, mit dem konnte er Brot essen und Inge sagen oder Mutter. Diesen Kopf sahen die beiden Männer, denen man das Gewehr gegeben hatte.

Schieß, sagte der eine.

Der schoss.

Da war der Kopf kaputt. Er konnte nicht mehr Parfüm riechen, keine Stadt mehr sehen und nicht mehr Inge sagen. Nie mehr.

Die beiden Männer waren viele Monate in dem Loch. Sie machten viele Köpfe kaputt. Und die gehörten immer Menschen, die sie gar nicht kannten. Die ihnen nichts getan hatten und die sie nicht mal verstanden. Aber einer hatte das Gewehr erfunden, das mehr als sechzigmal schoss in der Minute. Und einer hatte es befohlen.

Allmählich hatten die beiden Männer so viele Köpfe kaputt gemacht, dass man einen großen Berg daraus machen konnte. Und wenn die beiden Männer schliefen, fingen die Köpfe an zu rollen. Wie auf einer Kegelbahn. Mit leisem Donner. Davon wachten die beiden Männer auf.

Aber man hat es doch befohlen, flüsterte der eine.

Aber wir haben es getan, schrie der andere.

Aber es war furchtbar, stöhnte der eine.

Aber manchmal hat es auch Spaß gemacht, lachte der andere.

Nein, schrie der Flüsternde.

Doch, flüsterte der andere, manchmal hat es Spaß gemacht. Das ist es ja. Richtig Spaß.

Stunden saßen sie in der Nacht. Sie schliefen nicht. Dann sagte der eine:

Aber Gott hat uns so gemacht.

Aber Gott hat eine Entschuldigung, sagte der andere, es gibt ihn nicht.

Es gibt ihn nicht? fragte der erste.

Das ist seine einzige Entschuldigung, antwortete der zweite.

Aber uns – uns gibt es, flüsterte der erste.

Ja, uns gibt es, flüsterte der andere.

Die beiden Männer, denen man befohlen hatte, recht viele Köpfe kaputt zu machen, schliefen nicht in der Nacht. Denn die Köpfe machten leisen Donner.

Dann sagte der eine: Und wir sitzen nun damit an.

Ja, sagte der andere, wir sitzen nun damit an.

Da rief einer: Fertigmachen. Es geht wieder los.

Die beiden Männer standen auf und nahmen das Gewehr.

Und immer, wenn sie einen Menschen sahen, schossen sie auf ihn.

Und immer war das ein Mensch, den sie gar nicht kannten. Und der ihnen nichts getan hatte. Aber sie schossen auf ihn. Dazu hatte einer das Gewehr erfunden. Er war dafür belohnt worden.

Und einer – einer hatte es befohlen.

Vier Soldaten

Vier Soldaten. Und die waren aus Holz und Hunger und Erde gemacht. Aus Schneesturm und Heimweh und Barthaar. Vier Soldaten. Und über ihnen brüllten Granaten und bissen schwarzgiftig kläffend in den Schnee. Das Holz ihrer vier verlorenen Gesichter stand starrkantig im Geschwanke des Öllichts. Nur wenn das Eisen oben schrie und furchtbar bellend zerbarst, dann lachte einer der hölzernen Köpfe. Und die andern grinsten grau hinterher. Und das Öllicht bog sich verzagt.

Vier Soldaten.

Da krümmten sich zwei blaurote Striche im Barthaar: Meine Güte. Hier braucht im Frühling aber nicht gepflügt zu werden. Und gedüngt auch nicht, heiserte es aus der Erde.

Einer drehte zuversichtlich eine Zigarette: Hoffentlich ist das hier kein Rübenacker. Rüben kann ich auf den Tod nicht ausstehen. Aber zum Beispiel, wie findet ihr Radieschen? Die ganze Ewigkeit Radieschen?

Die blauroten Lippen krümmten sich: Wenn nur die Regenwürmer nicht wären. Da muss man sich doch mächtig dran gewöhnen.

Der in der Ecke sagte: Davon merkst du dann doch nichts mehr.

Wer sagt das? fragte der Zigarettendreher, wie, wer sagt das?

Da schwiegen sie. Und oben kreischte ein wütender Tod durch die Nacht. Schwarzblau zerriss er den Schnee. Da grinsten sie wieder. Und sie sahen die Balken über sich an. Aber die Balken versprachen nichts.

Dann hustete der aus seiner Ecke her: Na, wir werden ja sehen. Darauf könnt ihr euch verlassen. Und das »verlassen« kam so heiser, dass das Öllicht schwankte.

Vier Soldaten. Aber einer, der sagte nichts. Der glitt mit dem Daumen am Gewehr auf und ab. Auf und ab. Auf und ab. Und er drückte sich an sein Gewehr. Aber er hasste nichts so, wie dieses Gewehr. Nur wenn es über ihnen brüllte, dann hielt er sich daran fest. Das Öllicht bog sich verzagt in seinen Augen. Da stieß der Zigarettendreher ihn an. Der Kleine mit dem gehassten Gewehr wischte erschrocken über das blasse Bartgestrüpp um den Mund. Sein Gesicht war aus Hunger und Heimweh gemacht.

Da sagte der Zigarettendreher: Du, gib mal die Ölfunzel her. Natürlich, sagte der Kleine, und nahm das Gewehr zwischen die Knie. Und dann kam seine Hand aus dem Mantel und nahm das Öllicht und hielt es ihm hin. Aber da fiel ihm das Licht aus der Hand. Und erlosch. Und erlosch.

Vier Soldaten. Ihr Atem war zu groß und zu einsam im Dunkeln. Da lachte der Kleine laut und hieb sich die Hand auf das Knie:

Junge, hab ich einen Tatterich! Habt ihr das gesehn? Die Funzel fällt mir glatt aus der Hand. So ein Tatterich.

Laut lachte der Kleine. Aber im Dunkeln drückte er sich dicht an das Gewehr, das er so hasste. Und der in der Ecke dachte: Keiner ist unter uns, keiner, der nicht zittert.

Der Zigarettendreher aber sagte: Ja, man zittert den ganzen Tag. Das kommt von der Kälte. Diese elende Kälte.

Da brüllte das Eisen über ihnen und zerfetzte die Nacht und den Schnee.

Die machen die ganzen Radieschen kaputt, grinste der mit den blauroten Lippen.

Und sie hielten sich fest an den gehassten Gewehren. Und lachten. Lachten sich über das dunkle dunkle Tal.

DER VIELE VIELE SCHNEE

Schnee hing im Astwerk. Der Maschinengewehrschütze sang. Er stand in einem russischen Wald auf weit vorgeschobenem Posten. Er sang Weihnachtslieder und dabei war es schon Anfang Februar. Aber das kam, weil Schnee meterhoch lag. Schnee zwischen den schwarzen Stämmen. Schnee auf den schwarzgrünen Zweigen. Im Astwerk hängen geblieben, auf Büsche geweht, wattig, und an schwarze Stämme gebackt. Viel viel Schnee. Und der Maschinengewehrschütze sang Weihnachtslieder, obgleich es schon Februar war.

Hin und wieder musst du mal ein paar Schüsse loslassen. Sonst friert das Ding ein. Einfach geradeaus ins Dunkle halten. Damit es nicht einfriert. Schieß man auf die Büsche da. Ja, die da, dann weißt du gleich, dass da keiner drin sitzt. Das beruhigt. Kannst ruhig alle Viertelstunde mal eine Serie loslassen. Das beruhigt. Sonst friert das Ding ein. Dann ist es auch nicht so still, wenn man hin und wieder mal schießt. Das hatte der gesagt, den er abgelöst hatte. Und dazu noch: Du musst den Kopfschützer von den Ohren machen. Befehl vom Regiment. Auf Posten muss man den Kopfschützer von den Ohren machen. Sonst hört man ja nichts. Das ist Befehl. Aber man hört sowieso nichts. Es ist alles still. Kein Mucks. Die ganzen Wochen schon. Kein Mucks. Na, also dann. Schieß man hin und wieder mal. Das beruhigt.

Das hatte der gesagt. Dann stand er allein. Er nahm den Kopfschützer von den Ohren und die Kälte griff mit spitzen Fingern nach ihnen. Er stand allein. Und Schnee hing im Astwerk. Klebte an blauschwarzen Stämmen. Angehäuft überm Gesträuch. Aufgetürmt, in Mulden gesackt und hingeweht. Viel viel Schnee.

Und der Schnee, in dem er stand, machte die Gefahr so leise. So weit ab. Und sie konnte schon hinter einem stehen. Er verschwieg sie. Und der Schnee, in dem er stand, allein stand in der Nacht, zum ersten Mal allein stand, er machte die Nähe der andern so leise. So weit ab machte er sie. Er verschwieg sie, denn er machte alles so leise, dass das eigene Blut in den Ohren laut wurde, so laut wurde, dass man ihm nicht mehr entgehen konnte. So verschwieg der Schnee.

Da seufzte es. Links. Vorne. Dann rechts. Links wieder. Und hinten mit einmal. Der Maschinengewehrschütze hielt den Atem an. Da, wieder. Es seufzte. Das Rauschen in seinen Ohren wurde ganz groß. Da seufzte es wieder. Er riss sich den Mantelkragen auf. Die Finger zerrten, zitterten. Den Mantelkragen zerrten sie auf, dass er das Ohr nicht verdeckte. Da. Es seufzte. Der Schweiß kam kalt unter dem Helm heraus und gefror auf der Stirn. Gefror dort. Es waren zweiundvierzig Grad Kälte. Unterm Helm kam der Schweiß heraus und gefror. Es seufzte. Hinten. Und rechts. Weit vorne. Dann hier. Da. Da auch.

Der Maschinengewehrschütze stand im russischen Wald. Schnee hing im Astwerk. Und das Blut rauschte groß in den Ohren. Und der Schweiß gefror auf der Stirn. Und der Schweiß kam unterm Helm heraus. Denn es seufzte. Irgendwas. Oder irgendwer. Der Schnee verschwieg den. Davon gefror der Schweiß auf der Stirn. Denn die Angst war groß in den Ohren. Denn es seufzte.

Da sang er. Laut sang er, dass er die Angst nicht mehr hörte. Und das Seufzen nicht mehr. Und dass der Schweiß nicht mehr fror. Er sang. Und er hörte die Angst nicht mehr. Weihnachtslieder sang er und er hörte das Seufzen nicht mehr. Laut sang er Weihnachtslieder im russischen Wald. Denn Schnee hing im schwarzblauen Astwerk im russischen Wald. Viel Schnee.

Aber dann brach plötzlich ein Zweig. Und der Maschinengewehrschütze schwieg. Und fuhr herum. Und riss die Pistole heraus. Da kam der Feldwebel durch den Schnee in großen Sätzen auf ihn zu.

Jetzt werde ich erschossen, dachte der Maschinengewehrschütze. Ich habe auf Posten gesungen. Und jetzt werde ich erschossen. Da kommt schon der Feldwebel. Und wie er läuft. Ich habe auf Posten gesungen und jetzt kommen sie und erschießen mich.

Und er hielt die Pistole fest in der Hand.

Da war der Feldwebel da. Und hielt sich an ihm. Und sah sich um. Und flog. Und keuchte dann:

Mein Gott. Halt mich fest, Mensch. Mein Gott! Mein Gott! Und dann lachte er. Flog an den Händen. Und lachte doch: Weihnachtslieder hört man schon. Weihnachtslieder in diesem verdammten russischen Wald. Weihnachtslieder. Haben wir nicht Februar? Wir haben doch schon Februar.

Dabei hört man Weihnachtslieder. Das kommt von dieser furchtbaren Stille. Weihnachtslieder! Mein Gott nochmal! Mensch, halt mich bloß fest. Sei mal still. Da! Nein. Jetzt ist es weg. Lach nicht, sagte der Feldwebel und keuchte noch und hielt den Maschinengewehrschützen fest, lach nicht, du. Aber das kommt von der Stille. Wochenlang diese Stille. Kein Mucks! Nichts! Da hört man denn nachher schon Weihnachtslieder. Und dabei haben wir doch längst Februar. Aber das kommt von dem Schnee. Der ist so viel hier. Lach nicht, du. Das macht verrückt, sag ich dir. Du bist erst zwei Tage hier. Aber wir sitzen hier nun schon wochenlang drin. Kein Mucks. Nichts. Das macht verrückt. Immer alles still. Kein Mucks. Wochenlang. Dann hört man allmählich Weihnachtslieder, du. Lach nicht. Erst als ich dich sah, waren sie plötzlich weg. Mein Gott. Das macht verrückt. Diese ewige Stille. Diese ewige!

Der Feldwebel keuchte noch. Und lachte. Und hielt ihn fest. Und der Maschinengewehrschütze hielt ihn wieder fest. Dann lachten sie beide. Im russischen Wald. Im Februar.

Manchmal bog sich ein Ast von dem Schnee. Und der rutschte dann zwischen den schwarzblauen Zweigen zu Boden. Und seufzte dabei. Ganz leise. Vorne mal. Links. Dann hier. Da auch. Überall seufzte es. Denn Schnee hing im Astwerk. Der viele viele Schnee.

Mein bleicher Bruder

Noch nie war etwas so weiß wie dieser Schnee. Er war beinah blau davon. Blaugrün. So fürchterlich weiß. Die Sonne wagte kaum gelb zu sein vor diesem Schnee. Kein Sonntagmorgen war jemals so sauber gewesen wie dieser. Nur hinten stand ein dunkelblauer Wald. Aber der Schnee war neu und sauber wie ein Tierauge. Kein Schnee war jemals so weiß wie dieser an diesem Sonntagmorgen. Kein Sonntagmorgen war jemals so sauber. Die Welt, diese schneeige Sonntagswelt, lachte.

Aber irgendwo gab es dann doch einen Fleck. Das war ein Mensch, der im Schnee lag, verkrümmt, bäuchlings, uniformiert. Ein Bündel Lumpen. Ein lumpiges Bündel von Häutchen und Knöchelchen und Leder und Stoff. Schwarzrot überrieselt von angetrocknetem Blut. Sehr tote Haare, perückenartig tot. Verkrümmt, den letzten Schrei in den Schnee geschrien, gebellt oder gebetet vielleicht: Ein Soldat. Fleck in dem nie gesehenen Schneeweiß des saubersten aller Sonntagmorgende. Stimmungsvolles Kriegsgemälde, nuancenreich, verlockender Vorwurf für Aquarellfarben: Blut und Schnee und Sonne. Kalter kalter Schnee mit warmem dampfendem Blut drin. Und über allem die liebe Sonne. Unsere liebe Sonne. Alle Kinder auf der Welt sagen: die liebe liebe Sonne. Und die bescheint einen Toten, der den unerhörten Schrei aller toten Marionetten schreit: Den stummen fürchterlichen stummen Schrei! Wer unter uns, steh auf, bleicher Bruder, oh, wer unter uns hält die stummen Schreie der Marionetten aus, wenn sie von den Drähten abgerissen so blöde verrenkt auf der Bühne rumliegen? Wer, oh, wer unter uns erträgt die stummen Schreie der Toten? Nur der Schnee hält das aus, der eisige. Und die Sonne. Unsere liebe Sonne.

Vor der abgerissenen Marionette stand eine, die noch intakt war. Noch funktionierte. Vor dem toten Soldaten stand ein lebendiger. An diesem sauberen Sonntagmorgen im nie gesehen weißen Schnee hielt der Stehende an den Liegenden folgende fürchterlich stumme Rede:

Ja. Ja ja. Ja ja ja. Jetzt ist es aus mit deiner guten Laune, mein Lieber. Mit deiner ewigen guten Laune. Jetzt sagst du gar nichts mehr, wie? Jetzt lachst du wohl nicht mehr, wie? Wenn deine Weiber das wüssten, wie erbärmlich du jetzt aussiehst, mein Lieber. Ganz erbärmlich siehst du ohne deine gute Laune aus. Und in dieser blöden Stellung. Warum hast du denn die Beine so ängstlich an den Bauch rangezogen? Ach so, hast einen in die Eingeweide gekriegt. Hast dich mit Blut besudelt. Sieht unappetitlich aus, mein Lieber. Hast dir die ganze Uniform damit bekleckert. Sieht aus wie schwarze Tintenflecke. Man gut, dass deine Weiber das nicht sehn. Du hattest dich doch immer so mit deiner Uniform. Saß alles auf Taille. Als du Korporal wurdest, gingst du nur noch mit Lackstiefeletten. Und die wurden stundenlang gebohnert, wenn es abends in die Stadt ging. Aber jetzt gehst du nicht mehr in die Stadt. Deine Weiber lassen sich jetzt von den andern. Denn du gehst jetzt überhaupt nicht mehr, verstehst du? Nie mehr, mein Lieber. Nie nie mehr. Jetzt lachst du auch nicht mehr mit deiner ewig guten Laune. Jetzt liegst du da, als ob du nicht bis drei zählen kannst. Kannst du auch nicht. Kannst nicht mal mehr bis drei zählen. Das ist dünn, mein Lieber, äußerst dünn. Aber das ist gut so, sehr gut so. Denn du wirst nie mehr »Mein bleicher Bruder Hängendes Lid« zu mir sagen. Jetzt nicht mehr, mein Lieber. Von jetzt ab nicht mehr. Nie mehr, du. Und die andern werden dich nie mehr dafür feiern. Die andern werden nie mehr über mich lachen, wenn du »Mein bleicher Bruder Hängendes Lid« zu mir sagst. Das ist viel wert, weißt du? Das ist eine ganze Masse wert für mich, das kann ich dir sagen. Sie haben mich nämlich schon in der Schule gequält. Wie die Läuse haben sie auf mir herumgesessen. Weil mein Auge den kleinen Defekt hat und weil das Lid runterhängt. Und weil meine Haut so weiß ist. So käsig. Unser Blässling sieht schon wieder so müde aus, haben sie immer gesagt. Und die Mädchen haben immer gefragt, ob ich schon schliefe. Mein eines Auge wäre ja schon halb zu. Schläfrig, haben sie gesagt, du, ich wär schläfrig. Ich möchte mal wissen, wer von uns beiden jetzt schläfrig ist. Du oder ich, wie? Du oder ich? Wer ist jetzt »Mein bleicher Bruder Hängendes Lid«? Wie? Wer denn, mein Lieber, du oder ich? Ich etwa?

Als er die Bunkertür hinter sich zumachte, kamen ein Dutzend graue Gesichter aus den Ecken auf ihn zu. Eins davon gehörte dem Feldwebel. Haben Sie ihn gefunden, Herr Leutnant? fragte das graue Gesicht und war fürchterlich grau dabei.

Ja. Bei den Tannen. Bauchschuss. Sollen wir ihn holen?

Ja. Bei den Tannen. Ja, natürlich. Er muss geholt werden. Bei den Tannen.

Das Dutzend grauer Gesichter verschwand. Der Leutnant saß am Blechofen und lauste sich. Genau wie gestern. Gestern hatte er sich auch gelaust. Da sollte einer zum Bataillon kommen. Am besten der Leutnant, er selbst. Während er dann das Hemd anzog, horchte er. Es schoss. Es hatte noch nie so geschossen. Und als der Melder die Tür wieder aufriss, sah er die Nacht. Noch nie war eine Nacht so schwarz, fand er. Unteroffizier Heller, der sang. Der erzählte in einer Tour von seinen Weibern. Und dann hatte dieser Heller mit seiner ewig guten Laune gesagt: Herr Leutnant, ich würde nicht zum Bataillon gehn. Ich würde erst mal doppelte Ration beantragen. Auf Ihren Rippen kann man ja Xylophon spielen. Das ist ja ein Jammer, wie Sie aussehn. Das hatte Heller gesagt. Und im Dunkeln hatten sie wohl alle gegrinst. Und einer musste zum Bataillon. Da hatte er gesagt: Na, Heller, dann kühlen Sie Ihre gute Laune mal ein bisschen ab. Und Heller sagte: Jawohl. Das war alles. Mehr sagte man nie. Einfach: Jawohl. Und dann war Heller gegangen. Und dann kam Heller nicht wieder.

Der Leutnant zog sein Hemd über den Kopf. Er hörte, wie sie draußen zurückkamen. Die andern. Mit Heller. Er wird nie mehr »Mein bleicher Bruder Hängendes Lid« zu mir sagen, flüsterte der Leutnant. Das wird er von nun an nie mehr zu mir sagen.

Eine Laus geriet zwischen seine Daumennägel. Es knackte. Die Laus war tot. Auf der Stirn – hatte er einen kleinen Blutspritzer.

JESUS MACHT NICHT MEHR MIT

Er lag unbequem in dem flachen Grab. Es war wie immer reichlich kurz geworden, so dass er die Knie krumm machen musste. Er fühlte die eisige Kälte im Rücken. Er fühlte sie wie einen kleinen Tod. Er fand, dass der Himmel sehr weit weg war. So grauenhaft weit weg, dass man gar nicht mehr sagen mochte, er ist gut oder er ist schön. Sein Abstand von der Erde war grauenhaft. All das Blau, das er aufwandte, machte den Abstand nicht geringer. Und die Erde war so unirdisch kalt und störrisch in ihrer eisigen Erstarrung, dass man sehr unbequem in dem viel zu flachen Grab lag. Sollte man das ganze Leben so unbequem liegen? Ach nein, den ganzen Tod hindurch sogar! Das war ja noch viel länger.

Zwei Köpfe erschienen am Himmel über dem Grabrand. Na, passt es, Jesus? fragte der eine Kopf, wobei er einen weißen Nebelballen wie einen Wattebausch aus dem Mund fahren ließ. Jesus stieß aus seinen beiden Nasenlöchern zwei dünne ebenso weiße Nebelsäulen und antwortete: Jawoll. Passt.

Die Köpfe am Himmel verschwanden. Wie Kleckse waren sie plötzlich weggewischt. Spurlos. Nur der Himmel war noch da mit seinem grauenhaften Abstand.

Jesus setzte sich auf und sein Oberkörper ragte etwas aus dem Grab heraus. Von weitem sah es aus, als sei er bis an den Bauch eingegraben. Dann stützte er seinen linken Arm auf die Grabkante und stand auf. Er stand in dem Grab und sah traurig auf seine linke Hand. Beim Aufstehen war der frischgestopfte Handschuh am Mittelfinger wieder aufgerissen. Die rotgefrorene Fingerspitze kam daraus hervor. Jesus sah auf seinen Handschuh und wurde sehr traurig. Er stand in dem viel zu flachen Grab, hauchte einen warmen Nebel gegen seinen entblößten frierenden Finger und sagte leise: Ich mach nicht mehr mit. Was ist los, glotzte der eine von den beiden, die in das Grab sahen, ihn an. Ich mach nicht mehr mit, sagte Jesus noch einmal ebenso leise und steckte den kalten nackten Mittelfinger in den Mund.

Haben Sie gehört, Unteroffizier, Jesus macht nicht mehr mit.

Der andere, der Unteroffizier, zählte die Sprengkörper in eine Munitionskiste und knurrte: Wieso? Er blies den nassen Nebel aus seinem Mund auf Jesus zu: Hä, wieso? Nein, sagte Jesus noch immer ebenso leise, ich kann das nicht mehr. Er stand in dem Grab und hatte die Augen zu. Die Sonne machte den Schnee so unerträglich weiß. Er hatte die Augen zu und sagte: Jeden Tag die Gräber aussprengen. Jeden Tag sieben oder acht Gräber. Gestern sogar elf. Und jeden Tag die Leute da reingeklemmt in die Gräber, die ihnen immer nicht passen. Weil die Gräber zu klein sind. Und die Leute sind manchmal so steif und krumm gefroren. Das knirscht dann so, wenn sie in die engen Gräber geklemmt werden. Und die Erde ist so hart und eisig und unbequem. Das sollen sie den ganzen Tod lang aushalten. Und ich, ich kann das Knirschen nicht mehr hören. Das ist ja, als wenn Glas zermahlen wird. Wie Glas.

Halt das Maul, Jesus. Los, raus aus dem Loch. Wir müssen noch fünf Gräber machen. Wütend flatterte der Nebel vom Mund des Unteroffiziers weg auf Jesus zu. Nein, sagte der und stieß zwei feine Nebelstriche aus der Nase, nein.

Er sprach sehr leise und hatte die Augen zu: Die Gräber sind doch auch viel zu flach. Im Frühling kommen nachher überall die Knochen aus der Erde. Wenn es taut. Überall die Knochen. Nein, ich will das nicht mehr. Nein, nein. Und immer ich. Immer soll ich mich in das Grab legen, ob es passt. Immer ich. Allmählich träume ich davon. Das ist mir grässlich; wisst ihr, dass ich das immer bin, der die Gräber ausprobieren soll. Immer ich. Immer ich. Nachher träumt man noch davon. Mir ist das grässlich, dass ich immer in die Gräber steigen soll. Immer ich.

Jesus sah noch einmal auf seinen zerrissenen Handschuh. Er kletterte aus dem flachen Grab heraus und ging vier Schritte auf einen dunklen Haufen los. Der Haufen bestand aus toten Menschen. Die waren so verrenkt, als wären sie in einem wüsten Tanz überrascht worden. Jesus legte seine Spitzhacke leise und vorsichtig neben den Haufen von toten Menschen. Er hätte die Spitzhacke auch hinwerfen können, der Spitzhacke hätte das nicht geschadet. Aber er legte sie leise und vorsichtig hin, als wollte er keinen stören oder aufwecken. Um Gottes willen keinen wecken. Nicht nur aus Rücksicht, aus Angst auch. Aus Angst. Um Gottes willen keinen wecken. Dann ging er, ohne auf die beiden anderen zu achten, an ihnen vorbei durch den knirschenden Schnee auf das Dorf zu.

Widerlich, der Schnee knirscht genau so, ganz genauso. Er hob die Füße und stelzte wie ein Vogel durch den Schnee, nur um das Knirschen zu vermeiden.

Hinter ihm schrie der Unteroffizier: Jesus! Sie kehren sofort um! Ich gebe Ihnen den Befehl! Sie haben sofort weiterzuarbeiten! Der Unteroffizier schrie, aber Jesus sah sich nicht um. Er stelzte wie ein Vogel durch den Schnee, wie ein Vogel, nur um das Knirschen zu vermeiden. Der Unteroffizier schrie – aber Jesus sah sich nicht um. Nur seine Hände machten eine Bewegung, als sagte er: Leise,

leise! Um Gottes willen keinen wecken! Ich will das nicht mehr. Nein. Nein. Immer ich. Immer ich. Er wurde immer kleiner, kleiner, bis er hinter einer Schneewehe verschwand.

Ich muss ihn melden. Der Unteroffizier machte einen feuchten wattigen Nebelballen in die eisige Luft, Melden muss ich ihn, das ist klar. Das ist Dienstverweigerung. Wir wissen ja, dass er einen weg hat, aber melden muss ich ihn.

Und was machen sie dann mit ihm? grinste der andere.

Nichts weiter. Gar nichts weiter. Der Unteroffizier schrieb sich einen Namen in sein Notizbuch. Nichts. Der Alte lässt ihn vorführen. Der Alte hat immer seinen Spaß an Jesus. Dann brüllt er ihn zusammen, er zwei Tage nichts isst und redet, und lässt ihn laufen. Dann ist er wieder ganz normal für eine Zeitlang. Aber melden muss ich ihn erstmal. Schon weil der Alte seinen Spaß dran hat. Und die Gräber müssen doch gemacht werden. Einer muss doch rein, ob es passt. Das hilft doch nichts.

Warum heißt er eigentlich Jesus, grinste der andere.

Oh, das hat weiter keinen Grund. Der Alte nennt ihn immer so, weil er so sanft aussieht. Der Alte findet, er sieht so sanft aus. Seitdem heißt er Jesus. Ja, sagte der Unteroffizier und machte eine neue Sprengladung fertig für das nächste Grab, melden muss ich ihn, das muss ich, denn die Gräber müssen ja sein.

Die Katze war im Schnee erfroren

Männer gingen nachts auf der Straße. Sie summten. Hinter ihnen war ein roter Fleck in der Nacht. Es war ein hässlicher roter Fleck. Denn der Fleck war ein Dorf. Und das Dorf, das brannte. Die Männer hatten es angesteckt. Denn die Männer waren Soldaten. Denn es war Krieg. Und der Schnee schrie unter ihren benagelten Schuhen. Schrie hässlich, der

Schnee. Die Leute standen um ihre Häuser herum. Und die brannten. Sie hatten Töpfe und Kinder und Decken unter die Arme geklemmt. Katzen schrien im blutigen Schnee. Und der war vom Feuer so rot. Und er schwieg. Denn die Leute standen stumm um die knisternden seufzenden Häuser herum. Und darum konnte der Schnee nicht schrein. Einige hatten auch hölzerne Bilder bei sich. Kleine, in gold und silber und blau. Da war ein Mann drauf zu sehen mit einem ovalen Gesicht und einem braunen Bart. Die Leute starrten dem sehr schönen Mann wild in die Augen. Aber die Häuser, die brannten und brannten und brannten doch.

Bei diesem Dorf lag noch ein anderes Dorf. Da standen sie in dieser Nacht an den Fenstern. Und manchmal wurde der Schnee, der mondhelle Schnee, sogar etwas rosa von drüben. Und die Leute sahen sich an. Die Tiere bumsten gegen die Stallwand. Und die Leute nickten im Dunkeln vielleicht vor sich hin.

Kahlköpfige Männer standen am Tisch. Vor zwei Stunden hatte der eine mit einem Rotstift eine Linie gezogen. Auf eine Karte. Auf dieser Karte war ein Punkt. Der war das Dorf. Und dann hatte einer telefoniert. Und dann hatten die Soldaten den Fleck in die Nacht reingemacht: das blutig brennende Dorf. Mit den frierenden schreienden Katzen im rosanen Schnee. Und bei den kahlköpfigen Männern war wieder leise Musik. Ein Mädchen sang irgendwas. Und es donnerte manchmal dazu. Ganz weit ab.

Männer gingen abends auf der Straße. Sie summten. Und sie rochen die Birnbäume. Es war kein Krieg. Und die Männer waren keine Soldaten. Aber dann war am Himmel ein blutroter Fleck. Da summten die Männer nicht mehr. Und einer sagte: Kuck mal, die Sonne. Und dann gingen sie wieder. Doch sie summten nicht mehr. Denn unter den blühenden Birnen schrie rosaner Schnee. Und sie wurden den rosanen Schnee nie wieder los.

In einem halben Dorf spielen Kinder mit verkohltem Holz. Und dann, dann war da ein weißes Stück Holz. Das war ein Knochen. Und die Kinder, die klopften mit dem Knochen gegen die Stallwand. Es hörte sich an, als ob jemand auf eine Trommel schlug. Tock, machte der Knochen, tock und tock und tock. Es hörte sich an, als ob jemand auf eine Trommel schlug. Und sie freuten sich. Er war so hübsch hell. Von einer Katze war er, der Knochen.

Die Nachtigall singt

Wir stehen barfuß im Hemd in der Nacht und sie singt. Herr Hinsch ist krank, Herr Hinsch hat den Husten. Er hat sich im Winter die Lunge verdorben, weil das Fenster nicht dicht war. Herr Hinsch wird wohl sterben. Manchmal dann regnet es. Das ist der Flieder. Der fällt violett von den Zweigen und riecht wie die Mädchen. Nur Herr Hinsch, der riecht das nicht mehr. Herr Hinsch hat den Husten. Die Nachtigall singt. Und Herr Hinsch wird wohl sterben. Wir stehn barfuß im Hemd und wir hören ihn. Das ganze Haus ist voll von dem Husten. Aber die Nachtigall singt die ganze Welt voll. Und Herr Hinsch wird den Winter nicht los aus der Lunge. Der Flieder, der fällt violett von den Zweigen. Die Nachtigall singt. Herr Hinsch hat einen sommersüßen Tod voll Nacht und Nachtigall und violettem Fliederregen.

Timm hatte nicht solchen Sommertod. Timm starb den einsam eisigen Wintertod. Als ich Timm ablösen wollte, da war sein Gesicht sehr gelblich im Schnee. Es war gelb. Das kam nicht vom Mond, denn der war nicht da. Doch Timm war wie Lehm in der Nacht. So gelb wie der Lehm in den nasskalten Kuhlen der Vorstadt zu Hause. Da haben wir früher gespielt und Männer aus dem Lehm gemacht.

Aber ich habe nie gedacht, dass Timm auch aus Lehm sein könnte.

Als Timm auf Posten ging, wollte er den Stahlhelm nicht mithaben. Ich fühl die Nacht ganz gern, sagte er. Sie müssen den Helm mitnehmen, sagte der Unteroffizier, kann immer mal was passieren und ich bin dann der Dumme. Ich bin nachher der Dumme. Da sah Timm den Unteroffizier an. Und er sah durch ihn durch bis ans Ende der Welt. Dann hielt Timm eine von seinen Weltreden:

Die Dummen sind wir sowieso, sagte Timm an der Tür, wir alle Mann sind sowieso die Dummen. Wir haben den Schnaps und den Jazz und die Stahlhelme und die Mädchen, die Häuser und die chinesische Mauer und Lampen – alles das haben wir. Aber wir haben es aus Angst. Gegen die Angst haben wir das. Aber die Dummen bleiben wir immer. Wir lassen uns aus Angst photographieren und machen Kinder aus Angst und aus Angst wühlen wir uns in die Mädchen, immer in die Mädchen, und die Dochte stecken wir aus Angst in das Öl und lassen sie brennen. Aber die Dummen bleiben wir doch. Alles das tun wir aus Angst und gegen die Angst. Und die Stahlhelme haben wir auch nur aus Angst. Aber helfen tut uns das alles nicht. Gerade wenn wir bei einem seidenen Unterrock oder einem Nachtigallengestöhn unser Leben vergessen, dann erwischt sie uns. Dann hustet sie irgendwo. Und dann hilft uns kein Stahlhelm, wenn die Angst uns erwischt. Dann hilft uns kein Haus und kein Mädchen, kein Schnaps und kein Stahlhelm.

Das war eine von Timms großen Reden, von den Weltreden, die er hielt. Die hielt er an die ganze Welt und dabei waren wir nur sieben Mann im Bunker. Und die meisten schliefen, wenn Timm seine Weltreden hielt. Dann ging er auf Posten, der Weltredner Timm. Und die andern, die schnarchten. Sein Stahlhelm lag auf seinem Platz. Und der Unteroffizier behauptete nochmal: Ich bin der Dumme, ich bin nachher der Dumme, wenn was passiert. Und dann schlief er.

Als ich Timm ablöste, war sein Gesicht sehr gelb im Schnee. So gelb wie der Lehm in den Kuhlen der Vorstadt. Und der Schnee war widerlich weiß.

Ich habe nie gedacht, dass du aus Lehm sein könntest, Timm, sagte ich. Deine großen Reden sind kurz, aber sie gehn bis ans Ende der Welt. Was du so sagst, lässt einen den Lehm ganz vergessen. Deine Reden sind immer enorm, Timm. Es sind richtige Weltreden.

Aber Timm sagte nichts. Sein gelbes Gesicht sah nicht gut aus im nachtweißen Schnee. Der Schnee war widerlich blass. Timm schläft, dachte ich. Wer so groß über die Angst reden kann, der kann auch hier schlafen, wo die Russen im Wald sind. Timm stand in dem Schneeloch und hatte sein gelbes Gesicht aufs Gewehr gelegt. Steh auf, Timm, sagte ich. Timm stand nicht auf und sein gelbes Gesicht sah fremd aus im Schnee. Da drückte ich Timm mit dem Stiefel gegen die Backe. Am Stiefel war Schnee. Der blieb an der Backe. Der Stiefel drückte eine kleine Kuhle in die Backe. Und die kleine Kuhle, die blieb. Da sah ich, dass Timms Hand um das Gewehr lag. Und der Zeigefinger war noch krumm. Ich stand eine Stunde im Schnee. Ich stand eine Stunde bei Timm. Dann sagte ich zu dem toten Timm: Du hast recht, Timm, es hilft uns alles nicht. Kein Mädchen, kein Kreuz und keine Nachtigall, Timm, und selbst nicht der fallende Flieder, Timm. Denn auch Herr Hinsch, der die Nachtigall hört und den Flieder noch riecht, der muss sterben. Und die Nachtigall singt. Und sie singt nur für sich. Und Herr Hinsch, der stirbt ganz für sich. Der Nachtigall ist das egal. Die Nachtigall singt. (Ob die Nachtigall auch nur aus Lehm ist? So wie du, Timm?)

Die drei dunklen Könige

Er tappte durch die dunkle Vorstadt. Die Häuser standen abgebrochen gegen den Himmel. Der Mond fehlte und das Pflaster war erschrocken über den späten Schritt. Dann fand er eine alte Planke. Da trat er mit dem Fuß gegen, bis eine Latte morsch aufseufzte und losbrach. Das Holz roch mürbe und süß. Durch die dunkle Vorstadt tappte er zurück. Sterne waren nicht da.

Als er die Tür aufmachte (sie weinte dabei, die Tür), sahen ihm die blassblauen Augen seiner Frau entgegen. Sie kamen aus einem müden Gesicht. Ihr Atem hing weiß im Zimmer, so kalt war es. Er beugte sein knochiges Knie und brach das Holz. Das Holz seufzte. Dann roch es mürbe und süß ringsum. Er hielt sich ein Stück davon unter die Nase. Riecht beinahe wie Kuchen, lachte er leise. Nicht, sagten die Augen der Frau, nicht lachen. Er schläft.

Der Mann legte das süße mürbe Holz in den kleinen Blechofen. Da glomm es auf und warf eine Handvoll warmes Licht durch das Zimmer. Die fiel hell auf ein winziges rundes Gesicht und blieb einen Augenblick. Das Gesicht war erst eine Stunde alt, aber es hatte schon alles, was dazugehört: Ohren, Nase, Mund und Augen. Die Augen mussten groß sein, das konnte man sehen, obgleich sie zu waren. Aber der Mund war offen und es pustete leise daraus. Nase und Ohren waren rot. Er lebt, dachte die Mutter. Und das kleine Gesicht schlief.

Da sind noch Haferflocken, sagte der Mann. Ja, antwortete die Frau, das ist gut. Es ist kalt. Der Mann nahm noch von dem süßen weichen Holz. Nun hat sie ihr Kind gekriegt und muss frieren, dachte er. Aber er hatte keinen, dem er dafür die Fäuste ins Gesicht schlagen konnte. Als er die Ofentür aufmachte, fiel wieder eine Handvoll Licht über das schlafende Gesicht. Die Frau sagte leise: Kuck, wie ein Heiligenschein, siehst du? Heiligenschein! dachte er und er hatte keinen, dem er die Fäuste ins Gesicht schlagen konnte.

Dann waren welche an der Tür. Wir sahen das Licht, sagten sie, vom Fenster. Wir wollen uns zehn Minuten hinsetzen.

Aber wir haben ein Kind, sagte der Mann zu ihnen. Da sagten sie nichts weiter, aber sie kamen doch ins Zimmer, stießen Nebel aus den Nasen und hoben die Füße hoch. Wir sind ganz leise, flüsterten sie und hoben die Füße hoch. Dann fiel das Licht auf sie.

Drei waren es. In drei alten Uniformen. Einer hatte einen Pappkarton, einer einen Sack. Und der dritte hatte keine Hände. Erfroren, sagte er, und hielt die Stümpfe hoch. Dann drehte er dem Mann die Manteltasche hin. Tabak war darin und dünnes Papier. Sie drehten Zigaretten. Aber die Frau sagte: Nicht, das Kind.

Da gingen die vier vor die Tür und ihre Zigaretten waren vier Punkte in der Nacht. Der eine hatte dicke umwickelte Füße. Er nahm ein Stück Holz aus seinem Sack. Ein Esel, sagte er, ich habe sieben Monate daran geschnitzt. Für das Kind. Das sagte er und gab es dem Mann. Was ist mit den Füßen? fragte der Mann. Wasser, sagte der Eselschnitzer, vom Hunger. Und der andere, der dritte? fragte der Mann und befühlte im Dunkeln den Esel. Der dritte zitterte in seiner Uniform: Oh, nichts, wisperte er, das sind nur die Nerven. Man hat eben zu viel Angst gehabt. Dann traten sie die Zigaretten aus und gingen wieder hinein.

Sie hoben die Füße hoch und sahen auf das kleine schlafende Gesicht. Der Zitternde nahm aus seinem Pappkarton zwei gelbe Bonbons und sagte dazu: Für die Frau sind die.

Die Frau machte die blassen blauen Augen weit auf, als sie die drei Dunklen über das Kind gebeugt sah. Sie fürchtete sich. Aber da stemmte das Kind seine Beine gegen ihre Brust und schrie so kräftig, dass die drei Dunklen die Füße aufhoben und zur Tür schlichen. Hier nickten sie nochmal, dann stiegen sie in die Nacht hinein.

Der Mann sah ihnen nach. Sonderbare Heilige, sagte er zu seiner Frau. Dann machte er die Tür zu. Schöne Heilige sind das, brummte er und sah nach den Haferflocken. Aber er hatte kein Gesicht für seine Fäuste.

Aber das Kind hat geschrien, flüsterte die Frau, ganz stark hat es geschrien. Da sind sie gegangen. Kuck mal, wie lebendig es ist, sagte sie stolz. Das Gesicht machte den Mund auf und schrie.

Weint er? fragte der Mann.

Nein, ich glaube, er lacht, antwortete die Frau.

Beinahe wie Kuchen, sagte der Mann und roch an dem Holz, wie Kuchen. Ganz süß.

Heute ist ja auch Weihnachten, sagte die Frau.

Ja, Weihnachten, brummte er und vom Ofen her fiel eine Handvoll Licht hell auf das kleine schlafende Gesicht.

Radi

Heute Nacht war Radi bei mir. Er war blond wie immer und er lachte in seinem weichen breiten Gesicht. Auch seine Augen waren wie immer: etwas ängstlich und etwas unsicher. Auch die paar blonden Bartspitzen hatte er.

Alles wie immer.

Du bist doch tot, Radi, sagte ich.

Ja, antwortete er, lach bitte nicht.

Warum soll ich lachen?

Ihr habt immer gelacht über mich, das weiß ich doch. Weil ich meine Füße so komisch setzte und auf dem Schulweg immer von allerlei Mädchen redete, die ich gar nicht kannte. Darüber habt ihr doch immer gelacht. Und weil ich immer etwas ängstlich war, das weiß ich ganz genau.

Bist du schon lange tot? fragte ich.

Nein, gar nicht, sagte er. Aber ich bin im Winter gefallen. Sie konnten mich nicht richtig in die Erde kriegen. War doch alles gefroren. Alles steinhart.

Ach ja, du bist ja in Russland gefallen, nicht?

Ja, gleich im ersten Winter. Du, lach nicht, aber es ist nicht schön, in Russland tot zu sein. Mir ist das alles so fremd. Die Bäume sind so fremd. So traurig, weißt du. Meistens sind es Erlen. Wo ich liege, stehen lauter traurige Erlen. Und die Steine stöhnen auch manchmal. Weil sie russische Steine sein müssen. Und die Wälder schreien nachts. Weil sie russische Wälder sein müssen. Und der Schnee schreit. Weil er russischer Schnee sein muss. Ja, alles ist fremd. Alles so fremd.

Radi saß auf meiner Bettkante und schwieg.

Vielleicht hasst du alles nur so, weil du da tot sein musst, sagte ich.

Er sah mich an: Meinst du? Ach nein, du, es ist alles so furchtbar fremd. Alles. Er sah auf seine Knie. Alles ist so fremd. Auch man selbst.

Man selbst?

Ja, lach bitte nicht. Das ist es nämlich. Gerade man selbst ist sich so furchtbar fremd. Lach bitte nicht, du, deswegen bin ich nämlich heute Nacht mal zu dir gekommen. Ich wollte das mal mit dir besprechen.

Mit mir?

Ja, lach bitte nicht, gerade mit dir. Du kennst mich doch genau, nicht?

Ich dachte es immer.

Macht nichts. Du kennst mich ganz genau. Wie ich aussehe, meine ich. Nicht wie ich bin. Ich meine, wie ich aussehe, kennst du mich doch, nicht?

Ja, du bist blond. Du hast ein volles Gesicht.

Nein, sag ruhig, ich habe ein weiches Gesicht. Ich weiß das doch.

Also –

Ja, da hast ein weiches Gesicht, das lacht immer und ist breit.

Ja, ja. Und meine Augen?

Deine Augen waren immer etwas – etwas traurig und seltsam –

Du musst nicht lügen. Ich habe sehr ängstliche und unsichere Augen gehabt, weil ich nie wusste, ob ihr mir das alles glauben würdet, was ich von den Mädchen erzählte. Und dann? War ich immer glatt im Gesicht?

Nein, das warst du nicht. Du hattest immer ein paar blonde Bartspitzen am Kinn. Du dachtest, man würde sie nicht sehen. Aber wir haben sie immer gesehen.

Und gelacht.

Und gelacht.

Radi saß auf meiner Bettkante und rieb seine Handfläche an seinem Knie. Ja, flüsterte er, so war ich. Ganz genauso.

Und dann sah er mich plötzlich mit seinen ängstlichen Augen an. Tust du mir bitte einen Gefallen, ja? Aber lach bitte nicht, bitte. Komm mit.

Nach Russland?

Ja, es geht ganz schnell. Nur für einen Augenblick. Weil du mich noch so gut kennst, bitte.

Er griff nach meiner Hand. Er fühlte sich an wie Schnee. Ganz kühl. Ganz lose. Ganz leicht

Wir standen zwischen ein paar Erlen. Da lag etwas Helles. Komm, sagte Radi, da liege ich. Ich sah ein menschliches Skelett, wie ich es von der Schule her kannte. Ein Stück braungrünes Metall lag daneben. Das ist mein Stahlhelm, sagte Radi, er ist ganz verrostet und voll Moos.

Und dann zeigte er auf das Skelett. Lach bitte nicht, sagte er, aber das bin ich. Kannst du das verstehen? Du kennst mich doch. Sag doch selbst, kann ich das hier sein? Meinst du? Findest du das nicht furchtbar fremd? Es ist doch nichts Bekanntes an mir. Man kennt mich doch gar nicht mehr. Aber ich bin es. Ich muss es ja sein. Aber ich kann es nicht verstehen. Es ist so furchtbar fremd. Mit all dem, was ich früher war, hat das nichts mehr zu tun. Nein, lach bitte nicht, aber mir ist das alles so furchtbar fremd, so unverständlich, so weit ab.

Er setzte sich auf den dunklen Boden und sah traurig vor sich hin. Mit früher hat das nichts mehr zu tun, sagte er, nichts, gar nichts.

Dann hob er mit den Fingerspitzen etwas von der dunklen Erde hoch und roch daran. Fremd, flüsterte er, ganz fremd. Er hielt mir die Erde hin. Sie war wie Schnee. Wie seine Hand war sie, mit der er vorhin nach mir gefasst hatte: Ganz kühl. Ganz lose. Ganz leicht.

Riech, sagte er.

Ich atmete tief ein.

Na?

Erde, sagte ich.

Und?

Etwas sauer. Etwas bitter. Richtige Erde.

Aber doch fremd? Ganz fremd? Und doch so widerlich, nicht?

Ich atmete tief an der Erde. Sie roch kühl, lose und leicht. Etwas sauer. Etwas bitter.

Sie riecht gut, sagte ich. Wie Erde.

Nicht widerlich? Nicht fremd?

Radi sah mich mit ängstlichen Augen an. Sie riecht doch so widerlich, du.

Ich roch.

Nein, so riecht alle Erde.

Meinst du?

Bestimmt.

Und du findest sie nicht widerlich?

Nein, sie riecht ausgesprochen gut, Radi. Riech doch mal genau.

Er nahm ein wenig zwischen die Fingerspitzen und roch.

Alle Erde riecht so? fragte er.

Ja, alle.

Er atmete tief. Er steckte seine Nase ganz in die Hand mit der Erde hinein und atmete. Dann sah er mich an. Du hast Recht, sagte er. Es riecht vielleicht doch ganz gut. Aber doch fremd, wenn ich denke, dass ich das bin, aber doch furchtbar fremd, du.

Radi saß und roch und er vergaß mich und er roch und roch und roch. Und er sagte das Wort fremd immer weniger. Immer leiser sagte er es. Er roch und roch und roch.

Da ging ich auf Zehenspitzen nach Hause zurück. Es war morgens um halb sechs. In den Vorgärten sah überall Erde durch den Schnee. Und ich trat mit den nackten Füßen auf die dunkle Erde im Schnee. Sie war kühl. Und lose. Und leicht. Und sie roch. Ich stand und atmete tief. Ja, sie roch. Sie riecht gut, Radi, flüsterte ich. Sie riecht wirklich gut, Sie riecht wie richtige Erde. Du kannst ganz ruhig sein.

An diesem Dienstag

Die Woche hat einen Dienstag.
Das Jahr ein halbes Hundert.
Der Krieg hat viele Dienstage.

An diesem Dienstag übten sie in der Schule die großen Buchstaben. Die Lehrerin hatte eine Brille mit dicken Gläsern. Die hatten keinen Rand. Sie waren so dick, dass die Augen ganz leise aussahen.

Zweiundvierzig Mädchen saßen vor der schwarzen Tafel und schrieben mit großen Buchstaben:

DER ALTE FRITZ HATTE EINEN TRINKBECHER AUS BLECH. DIE DICKE BERTA SCHOSS BIS PARIS. IM KRIEGE SIND ALLE VÄTER SOLDAT.

Ulla kam mit der Zungenspitze bis an die Nase. Da stieß die Lehrerin sie an. Du hast Krieg mit ch geschrieben, Ulla. Krieg wird mit g geschrieben. G wie Grube. Wie oft habe ich das schon gesagt. Die Lehrerin nahm ein Buch und machte einen Haken hinter Ullas Namen. Zu morgen schreibst du den Satz zehnmal ab, schön sauber, verstehst du? Ja, sagte Ulla und dachte: Die mit ihrer Brille.

Auf dem Schulhof fraßen die Nebelkrähen das weggeworfene Brot. An diesem Dienstag

wurde Leutnant Ehlers zum Bataillonskommandeur befohlen. Sie müssen den roten Schal abnehmen, Herr Ehlers.

Herr Major?

Doch, Ehlers. In der Zweiten ist sowas nicht beliebt.

Ich komme in die zweite Kompanie?

Ja, und die lieben sowas nicht. Da kommen Sie nicht mit durch. Die Zweite ist an das Korrekte gewöhnt. Mit dem roten Schal lässt die Kompanie Sie glatt stehen. Hauptmann Hesse trug sowas nicht.

Ist Hesse verwundet?

Nee, er hat sich krank gemeldet. Fühlte sich nicht gut, sagte er. Seit er Hauptmann ist, ist er ein bisschen flau geworden, der Hesse. Versteh ich nicht. War sonst immer so korrekt. Na ja, Ehlers, sehen Sie zu, dass Sie mit der Kompanie fertig werden. Hesse hat die Leute gut erzogen. Und den Schal nehmen Sie ab, klar?

Türlich, Herr Major.

Und passen Sie auf, dass die Leute mit den Zigaretten vorsichtig sind. Da muss ja jedem anständigen Scharfschützen der Zeigefinger jucken, wenn er diese Glühwürmchen herumschwirren sieht. Vorige Woche hatten wir fünf Kopfschüsse. Also passen Sie ein bisschen auf, ja?

Jawohl, Herr Major.

Auf dem Wege zur zweiten Kompanie nahm Leutnant Ehlers den roten Schal ab. Er steckte eine Zigarette an. Kompanieführer Ehlers, sagte er laut.

Da schoss es.

An diesem Dienstag

sagte Herr Hansen zu Fräulein Severin:

Wir müssen dem Hesse auch mal wieder was schicken, Severinchen. Was zu rauchen, was zu knabbern. Ein bisschen Literatur. Ein Paar Handschuhe oder sowas. Die Jungens haben einen verdammt schlechten Winter draußen. Ich kenne das. Vielen Dank.

Hölderlin vielleicht, Herr Hansen?

Unsinn, Severinchen, Unsinn. Nein, ruhig ein bisschen freundlicher. Wilhelm Busch oder so. Hesse war doch mehr für das Leichte. Lacht doch gern, das wissen Sie doch. Mein Gott, Severinchen, was kann dieser Hesse lachen!

Ja, das kann er, sagte Fräulein Severin.

An diesem Dienstag

trugen sie Hauptmann Hesse auf einer Bahre in die Entlausungsanstalt. An der Tür war ein Schild:

OB GENERAL, OB GRENADIER:
DIE HAARE BLEIBEN HIER.

Er wurde geschoren. Der Sanitäter hatte lange dünne Finger. Wie Spinnenbeine. An den Knöcheln waren sie etwas gerötet. Sie rieben ihn mit etwas ab, das roch nach Apotheke. Dann fühlten die Spinnenbeine nach seinem Puls und schrieben in ein dickes Buch: Temperatur 41,6. Puls 116. Ohne Besinnung. Fleckfieberverdacht. Der

Sanitäter machte das dicke Buch zu. Seuchenlazarett Smolensk stand da drauf. Und darunter: Vierzehnhundert Betten.

Die Träger nahmen die Bahre hoch. Auf der Treppe pendelte sein Kopf aus den Decken heraus und immer hin und her bei jeder Stufe. Und kurzgeschoren. Und dabei hatte er immer über die Russen gelacht. Der eine Träger hatte Schnupfen.

An diesem Dienstag

klingelte Frau Hesse bei ihrer Nachbarin. Als die Tür aufging, wedelte sie mit dem Brief. Er ist Hauptmann geworden. Hauptmann und Kompaniechef, schreibt er. Und sie haben über 40 Grad Kälte. Neun Tage hat der Brief gedauert. An Frau Hauptmann Hesse hat er oben drauf geschrieben.

Sie hielt den Brief hoch. Aber die Nachbarin sah nicht hin. 40 Grad Kälte, sagte sie, die armen Jungs. 40 Grad Kälte.

An diesem Dienstag

fragte der Oberfeldarzt den Chefarzt des Seuchenlazarettes Smolensk: Wieviel sind es jeden Tag?

Ein halbes Dutzend.

Scheußlich, sagte der Oberfeldarzt.

Ja, scheußlich, sagte der Chefarzt.

Dabei sahen sie sich nicht an.

An diesem Dienstag

spielten sie die Zauberflöte. Frau Hesse hatte sich die Lippen rot gemacht.

An diesem Dienstag

schrieb Schwester Elisabeth an ihre Eltern: Ohne Gott hält man das gar nicht durch. Aber als der Unterarzt kam, stand sie auf. Er ging so krumm, als trüge er ganz Russland durch den Saal.

Soll ich ihm noch was geben? fragte die Schwester.

Nein, sagte der Unterarzt. Er sagte das so leise, als ob er sich schämte.

Dann trugen sie Hauptmann Hesse hinaus. Draußen polterte es. Die bumsen immer so. Warum können sie die Toten nicht langsam hinlegen. Jedes Mal lassen sie sie so auf die Erde bumsen. Das sagte einer. Und sein Nachbar sang leise:

Zicke zacke juppheidi
Schneidig ist die Infanterie.

Der Unterarzt ging von Bett zu Bett. Jeden Tag. Tag und Nacht. Tagelang. Nächte durch. Krumm ging er. Er trug ganz Russland durch den Saal. Draußen stolperten zwei Krankenträger mit einer leeren Bahre davon. Nummer 4, sagte der eine. Er hatte Schnupfen.

An diesem Dienstag

saß Ulla abends und malte in ihr Schreibheft mit großen Buchstaben:

IM KRIEG SIND ALLE VÄTER SOLDAT.
IM KRIEG SIND ALLE VÄTER SOLDAT.

Zehnmal schrieb sie das. Mit großen Buchstaben. Und Krieg mit G. Wie Grube.

Und keiner weiß wohin

Der Kaffee ist undefinierbar

Sie hingen auf den Stühlen. Über die Tische waren sie gehängt. Hingehängt von einer fürchterlichen Müdigkeit. Für diese Müdigkeit gab es keinen Schlaf. Es war eine Weltmüdigkeit, die nichts mehr erwartet. Höchstens mal einen Zug. Und in einem Wartesaal. Und da hingen sie dann hingehängt über Stühle und Tische. Sie hingen in ihren Kleidern und in ihrer Haut, als ob sie ihnen lästig wären, die Kleider. Und die Haut. Sie waren Gespenster und hatten sich mit dieser Haut kostümiert und spielten eine Zeitlang Mensch. Sie hingen an ihren Skeletten wie Vogelscheuchen an ihren Stangen. Vom Leben hingehängt zum Gespött ihres eigenen Gehirns und zur Qual ihrer Herzen. Und jeder Wind spielte ihnen mit. Der spielte mit ihnen. Sie hingen in einem Leben, hingehängt von einem Gott ohne Gesicht. Von einem Gott, der nicht gut und nicht böse war. Der nur war. Und nicht mehr. Und das war zu viel. Und das war zu wenig. Und er hatte sie da hingehängt ins Leben, damit sie ein Weilchen da pendelten, dünnstimmige Glocken im unsichtbaren Gestühl, windgeblähte Vogelscheuchen. Preisgegeben sich und der Haut, von der sie die Naht nicht entdeckten. Hingehängt über Stühle, Stangen, Tische, Galgen und maßlose Abgründe. Und keiner vernahm ihr dünnstimmiges Geschrei. Denn der Gort hatte ja kein Gesicht. Darum konnte er auch keine Ohren haben. Das war ihre größte Verlassenheit, der Gott ohne Ohren. Gott ließ sie nur atmen. Grausam und grandios. Und sie atmeten. Wild, gierig, gefräßig. Aber einsam, dünnstimmig einsam. Denn ihr Geschrei, ihr furchtbares Geschrei, drang nicht mal zum Nebenmann, der mit am Tisch saß. Nicht zu dem Gott ohne Ohren. Nicht mal zum Nebenmann, der mit am Tisch saß. An demselben Tisch saß. Nebenan. Am selben Tisch.

Vier saßen am Tisch und warteten auf den Zug. Sie konnten sich nicht erkennen. Nebel schwamm zwischen den weißen Gesichtern. Nebel aus Nachtdunst, Kaffeedampf und Zigarettenrauch. Der Kaffeedampf stank und die Zigaretten rochen süß. Der Nachtdunst war aus Not, Parfüm und dem Atem alter Männer gemacht. Und von Mädchen, die noch wuchsen. Der Nachtdunst war kalt und nass. Wie Angstschweiß. Drei Männer saßen am Tisch. Und das Mädchen. Vier Menschen. Das Mädchen sah in die Tasse. Der eine Mann schrieb auf graues Papier. Er hatte sehr kurze Finger. Der andere las in einem Buch. Der dritte sah die andern an. Von einem zum andern. Er hatte ein fröhliches Gesicht. Das Mädchen sah in die Tasse.

Da bekam der mit den sehr kurzen Fingern seine fünfte Tasse Kaffee. Ekelhaft, dieser Kaffee, sagte er und sah ganz kurz auf. Der Kaffee ist undefinierbar. Ein tolles Getränk. Und dann schrieb er schon wieder. Aber plötzlich fiel ihm was ein und er sah noch mal auf. Sie haben Ihren Kaffee ja kalt werden lassen, sagte er zu dem Mädchen. Kalt schmeckt er erst recht nicht. Tolles Getränk. Wenn er heiß ist, dann gehts grad. Aber undefinierbar. Un-de-fi-nier-bar! Das macht nichts, sagte das Mädchen zu dem mit den sehr kurzen Fingern. Da hörte der ganz auf zu schreiben. So hatte sie das gesagt: Das macht nichts. Er sah sie an. Ich will da nur meine Tabletten mit nehmen, mit dem Kaffee, sagte sie verlegen und sah in die Tasse, das macht nichts, dass er kalt ist. Haben sie Kopfschmerzen? fragte er sie. Nein, sagte sie wieder verlegen und sah in die Tasse. Sah so lange in die Tasse, bis der Kurzfingrige mit dem Bleistift zu trommeln anfing. Da sah sie ihn an. Ich muss mir das Leben nehmen. Kopfschmerzen habe ich nicht. Ich muss mir das Leben nehmen. Und sie sagte das wie: Ich fahr mit dem Elf-Uhr-Zug: Ich muss mir das Leben nehmen, sagte sie. Und sah in die Tasse.

Da sahen die drei Männer sie an. Der mit dem Buch. Und der mit dem fröhlichen Gesicht. Herrlich, dachte der, eine Verrückte. Eine richtige Verrückte. Sie sind aber komisch, sagte der mit den sehr kurzen Fingern. Weil sie sich das Leben nehmen will? fragte der mit dem Buch und beugte sich interessiert über den Tisch. Nein, weil sie das einfach so sagt. Einfach so wie man Abfahrt oder Bahnhof sagt, antwortete der andere. Wieso, sagte der mit dem Buch, sie sagt doch nur, was sie denkt. Das ist doch nicht komisch. Das ist doch sehr schön sogar. Ich finde das sehr schön. Das Mädchen sah verlegen in die Tasse. Schön? empörte sich der mit den sehr kurzen Fingern und machte ein entrüstetes Fischmaul, schön, meinen Sie? Na, ich weiß nicht. Ich finde das! Sehen Sie mich an. Wenn ich nun einfach so sagen wollte, was ich denke. Wie? Was? Ich sollte heut Nacht hier fünftausend Brote kriegen. Zweihundert sind nur gekommen. Macht Manko viertausend und acht Mal einhundert. Und jetzt muss ich rechnen. Er machte sein Fischmaul und hob seinen Schreibblock hoch und warf ihn zurück auf den Tisch. Und wissen Sie, was ich jetzt denke? Das Mädchen sah in die Tasse. Der Fröhliche glotzte und grinste und schwieg. Und der mit dem Buch sagte: Na? Ich will es Ihnen sagen, mein Lieber, ich will es Ihnen sagen. Ich denke dabei, dass viertausendachthundert Familien morgen ihr Brot nicht bekommen. Morgen früh haben viertausendachthundert kein Brot. Morgen haben viertausendachthundert Kinder Hunger. Und die Väter. Und die Mütter natürlich. Aber die merken das nicht. Aber die Kinder, mein Guter, die viertausendachthundert Kinder.

Die haben jetzt morgen kein Brot. Sehn Sie, das denk ich, mein Bester, das denk ich und sitz hier und schreib hier und trink diesen undefinierbaren Kaffee. Und dabei da denk ich das. Was meinen Sie, wenn ich das einfach so sagen würde, wie? Wer sollte das aushalten, wie? Das würde doch kein Mensch mehr aushalten, wenn man das alles so sagt, was man denkt. Er machte sein Fischmaul und machte die Stirn voller Stacheldraht. So voll Falten. Wie Stacheldraht.

Das Mädchen sah in die Kaffeetasse. Sie ersäuft sich, dachte der mit dem Buch. Und dann fiel ihm ein, dass die Tasse zu klein war zum Sterben und er sagte: Dieser Kaffee, kaum zu genießen. Da schlug der mit dem fröhlichen Gesicht mit der flachen Hand auf den Tisch, dass es patschte. Sie ist verrückt, sagte er, und sein Gesicht, das grinste ganz ohne sein Wissen so fröhlich dabei und er trank mit gierigen Schlucken den Kaffee. Sie ist verrückt, sagte er ganz aus der Puste vom Trinken, man müsste sie glattweg erschlagen, weil sie verrückt ist, sag ich. Na, hören Sie mal, Sie sind vielleicht ein Herzblatt! rief der Brothändler. Macht ein Gesicht wie Pfingsten und redet vom Totschlagen. Vor Ihnen muss man sich hüten, glaub ich. Macht ein Gesicht wie Pfingsten und redet – Da lächelte der mit dem Buch ziemlich eifrig. Keineswegs, sagte er, keineswegs. Das ist Dualismus, verstehen Sie? Typischer Dualismus. Wir haben alle ein Stück Jesus und Nero in uns, verstehen Sie. Wir alle. Er machte eine Grimasse, schob das Kinn und die Unterlippe vor, kniff die Augen ganz klein und blähte die Nasenlöcher dazu. Nero, sagte er erläuternd. Dann machte er ein sanftes sentimentales Gesicht, strich sich das Haar glatt und machte hundetreue Augen, harmlos und etwas langweilig. Jesus, erklärte er dazu. Und: Sehn Sie, haben wir alle in uns. Typischer Dualismus. Hie Jesus – Hie Nero. Und er versuchte noch mal blitzschnell die beiden Gesichter zu machen. Es misslang. Vielleicht war der Kaffee so schlecht.

Wer ist Nero? sagte der Fröhliche mit dummem Gesicht. Oh, der Name spielt keine Rolle. Nero war einer wie Sie und ich auch. Nur dass er nicht bestraft wurde für das, was er tat. Und das wusste er. So tat er eben alles, was ein Mensch tun kann. Wenn er Briefträger oder Tischler gewesen wäre, hätte man ihn aufgehängt. Aber er war zufällig Kaiser und tat das, was ihm einfiel. Alles, was Menschen so einfällt. Das ist der ganze Nero. Und Sie meinen, ich bin so ein Nero? fragte der Fröhliche. Fifty-fifty, mein Lieber. Sicher können Sie auch Jesus sein. Aber wenn Sie das Mädchen da erschlagen wollen, dann sind Sie Nero, mein Lieber, dann sind Sie ausgesprochen Nero. Verstehen Sie?

Wie auf Kommando nahmen die drei Männer die Kaffeetassen und tranken und legten die Köpfe dabei in den Nacken und sahen an die Decke. Aber oben war nichts zu erkennen und sie kehrten auf die Erde zurück. Und der Brothändler sagte zum siebzehnten Mal und zum achtzehnten Mal: Der Kaffee ist undefinierbar. Der Kaffee ist un-de-fi-nier-bar. Der mit dem Pfingstgesicht aber wischte sich die Lippen trocken und platzte heraus: Sie sind auch verrückt. Ihr seid alle verrückt. Was geht mich Nero an. Oder der andere. Nichts, sag ich Ihnen, nichts, sag ich. Ich komme ausm Krieg und ich will nach Hause. Siehste. Und zu Hause will ich mit meinen Eltern morgens auf dem Balkon sitzen und Kaffee trinken. Das hab ich mir den ganzen Krieg lang gewünscht. Morgens aufm Balkon sitzen und mit meinen Eltern Kaffee trinken. Siehste. Und jetzt bin ich unterwegs. Und da kommt diese Verrückte und sagt einfach, sie will sich das Leben nehmen. Das hält doch kein Mensch aus, wenn man das einfach so sagt: Ich will mir das Leben nehmen.

Das sagte der Soldat. Und der Brothändler nahm seine Augen aus der Unergründlichkeit seines Kaffees hoch und machte eine Na-was-sag-ich-Gebärde und sagte dazu: Das ist ja meine Rede, sagte er, das ist ja doch dauernd meine Rede.

Genau wie mit den Broten. Wenn ich das so einfach hinausposaunen wollte, wie? Morgen haben viertausendachthundert Kinder kein Brot, wie? Wie wird Ihnen denn dabei, wie? Wer soll denn das aushalten. Das hält doch heut keiner mehr aus, meine Herrn. Und er sah den mit dem Buch an. Und der Fröhliche, der aus dem Krieg kam, der sah den auch an.

Da stand dieser auf. Mit dem kleinen Finger knipste er ein paar Krümel vom Tisch und sagte dazu: Sie sind mir zu materialistisch, sagte er betrübt. Sie kommen aus dem Krieg nach Hause, um auf dem Balkon Kaffee zu trinken. Und Sie, Sie handeln mit Brot. Sie rechnen mit Kindern und Broten. Mein Gott, wer garantiert mir, ob Sie das auseinanderhalten. Wer weiß, ob Sie nicht auch mit Munition rechnen. Pro Kopf dreißig Schuss. So war das doch immer im Krieg: Pro Kopf dreißig Schuss. Na, und jetzt sind es Brote, mein Gott, jetzt sind es zufällig Brote. Und er sagte betrübt: Gute Nacht, Sie sind mir einfach zu materialistisch, mehr ist es nicht, einfach zu materialistisch. Gute Nacht.

Da rief ihm der Brothändler nach: Haben Sie schon mal Hunger gehabt, werter Herr? Ohne mein Brot könnten Sie Ihre Bücher gar nicht lesen, das will ich Ihnen nur stecken, ohne Brot nicht, werter Herr! Und ohne Munition gehts auch nicht, wie, ohne Muni gehts auch nicht, werter Herr! Und er sah den Soldaten dabei an. Und der schoss nun auch noch auf den Buchmann und beugte sich vor, um zu sehn, wie er traf. Wie Nero, dachte der Buchbesitzer und starrte ihn an, ganz wie Nero. Und der Soldat Nero fuhr ihn an: Warn Sie überhaupt im Krieg, Sie? Warn Sie denn schon mal im Krieg? Wenn Sie erst mal inn Krieg kommen, dann wollen Sie nachher auch weiter nichts, als aufm Balkon sitzen und Kaffee trinken. Weiter wollen Sie dann nichts, das sag ich Ihnen, mein Lieber.

Der Buchbesitzer sah die beiden an und klopfte sich mit seinem Buch betrübt auf die Lippen. Dann trank er im

Stehen die Tasse leer. Und die andern zwei tranken auch. Undefinierbar, sagte der Brothändler und schüttelte sich. Wie das Leben, antwortete der Mann mit dem Buch und verbeugte sich freundlich zu ihm. Und der Brothändler verbeugte sich freundlich zurück. Und sie lächelten höflich über ihren Streit rüber. Und jeder war ein Mann von Welt. Und der Buchmann war heimlich für sich der Sieger. Und darüber wollte er lächeln.

Aber da riss er den Mund auf zu einem furchtbaren Schrei. Aber er schrie ihn nicht. Der Schrei war so furchtbar, dass er ihn nicht fertigbrachte. Er blieb ganz tief in dem Buchmann stecken. Nur der Mund stand weit auf, weil ihm die Luft ausging. Der Buchbesitzer starrte auf den vierten Stuhl, wo das Mädchen gesessen hatte. Der Stuhl war leer. Das Mädchen war weg. Da sahen die drei Männer auf dem Tisch ein kleines Glasröhrchen. Es war leer. Und das Mädchen war weg. Und die Tasse, die Tasse war leer. Und das Mädchen war weg. Der Stuhl. Und das Glasröhrchen. Und die Tasse. Leer. Ganz leise, unauffällig leer geworden.

Ob sie Hunger hatte? fragte der Brotmann die andern dann endlich. Sie war verrückt, sagte der Soldat fröhlich, sie war verrückt, sag ich doch immer. Kommen Sie, sagte er zu dem mit dem Buch, setzen Sie sich wieder hin. Sie war bestimmt verrückt. Der Buchbesitzer setzte sich langsam und meinte: Vielleicht war sie einsam? Sie war sicher zu einsam? Einsam, schimpfte der Brothändler los, wieso denn einsam? Wir warn doch hier. Wir warn doch die ganze Zeit hier. Wir? fragte der Buchmann und sah in die leere Tasse. Aus der Tasse sah ihm ein Mädchen entgegen. Aber er konnte sie schon nicht mehr erkennen.

Nachtdunst schwamm durch den Bahnhof, Nachtdunst aus Nebel und Not und Atem. Und der war dick wie der undefinierbare Kaffee. Und nasskalt. Wie Angstschweiß. Der mit dem Buch machte die Augen zu. Der Kaffee ist grauslich, hörte er den Brothändler sagen. Ja, ja, nickte er langsam, da haben Sie recht: Ganz grauslich. Grauslich hin, grauslich her, sagte der Soldat, wir haben doch nichts anderes. Hauptsache, er ist heiß.

Er ließ das Glasröhrchen über den Tisch rollen. Es fiel runter. Und war kaputt. (Und Gott? Er hörte das kleine hässliche Geräusch nicht. Ob ein Glasröhrchen zersprang – oder ein Herz: Gott hörte von all dem nichts. Er hatte ja keine Ohren. Das war es. Er hatte ja keine Ohren.)

Die Küchenuhr

Sie sahen ihn schon von weitem auf sich zukommen, denn er fiel auf. Er hatte ein ganz altes Gesicht, aber wie er ging, daran sah man, dass er erst zwanzig war. Er setzte sich mit seinem alten Gesicht zu ihnen auf die Bank. Und dann zeigte er ihnen, was er in der Hand trug.

Das war unsere Küchenuhr, sagte er und sah sie alle der Reihe nach an, die auf der Bank in der Sonne saßen. Ja, ich habe sie noch gefunden. Sie ist übriggeblieben.

Er hielt eine runde tellerweiße Küchenuhr vor sich hin und tupfte mit dem Finger die blaugemalten Zahlen ab.

Sie hat weiter keinen Wert, meinte er entschuldigend, das weiß ich auch. Und sie ist auch nicht so besonders schön. Sie ist nur wie ein Teller, so mit weißem Lack. Aber die blauen Zahlen sehen doch ganz hübsch aus, finde ich. Die Zeiger sind natürlich nur aus Blech. Und nun gehen sie auch nicht mehr. Nein. Innerlich ist sie kaputt, das steht fest. Aber sie sieht noch aus wie immer. Auch wenn sie jetzt nicht mehr geht.

Er machte mit der Fingerspitze einen vorsichtigen Kreis auf dem Rand der Telleruhr entlang. Und er sagte leise: Und sie ist übriggeblieben.

Die auf der Bank in der Sonne saßen, sahen ihn nicht an. Einer sah auf seine Schuhe und die Frau sah in ihren Kinderwagen. Dann sagte jemand:

Sie haben wohl alles verloren?

Ja, ja, sagte er freudig, denken Sie, aber auch alles! Nur sie hier, sie ist übrig. Und er hob die Uhr wieder hoch, als ob die anderen sie noch nicht kannten.

Aber sie geht doch nicht mehr, sagte die Frau.

Nein, nein, das nicht. Kaputt ist sie, das weiß ich wohl. Aber sonst ist sie doch noch ganz wie immer: weiß und blau. Und wieder zeigte er ihnen seine Uhr. Und was das Schönste ist, fuhr er aufgeregt fort, das habe ich Ihnen ja noch überhaupt nicht erzählt. Das Schönste kommt nämlich noch: Denken Sie mal, sie ist um halb drei stehengeblieben. Ausgerechnet um halb drei, denken Sie mal.

Dann wurde Ihr Haus sicher um halb drei getroffen, sagte der Mann und schob wichtig die Unterlippe vor. Das habe ich schon oft gehört. Wenn die Bombe runtergeht, bleiben die Uhren stehen. Das kommt von dem Druck.

Er sah seine Uhr an und schüttelte überlegen den Kopf. Nein, lieber Herr, nein, da irren Sie sich. Das hat mit den Bomben nichts zu tun. Sie müssen nicht immer von den Bomben reden. Nein. Um halb drei war ganz etwas anderes, das wissen Sie nur nicht. Das ist nämlich der Witz, dass sie gerade um halb drei stehengeblieben ist. Und nicht um viertel nach vier oder um sieben. Um halb drei kam ich nämlich immer nach Hause. Nachts, meine ich. Fast immer um halb drei. Das ist ja gerade der Witz.

Er sah die anderen an, aber die hatten ihre Augen von ihm weggenommen. Er fand sie nicht. Da nickte er seiner Uhr zu: Dann hatte ich natürlich Hunger, nicht wahr? Und ich ging immer gleich in die Küche. Da war es dann fast immer halb drei. Und dann, dann kam nämlich meine Mutter. Ich konnte noch so leise die Tür aufmachen, sie hat mich immer gehört. Und wenn ich in der dunklen Küche etwas zu essen suchte, ging plötzlich das Licht an. Dann stand sie da in ihrer Wolljacke und mit einem roten Schal um. Und barfuß. Immer barfuß. Und dabei war unsere Küche gekachelt. Und sie machte ihre Augen ganz klein, weil ihr das Licht so hell war. Denn sie hatte ja schon geschlafen. Es war ja Nacht.

So spät wieder, sagte sie dann. Mehr sagte sie nie. Nur: So spät wieder. Und dann machte sie mir das Abendbrot warm und sah zu, wie ich aß. Dabei scheuerte sie immer die Füße aneinander, weil die Kacheln so kalt waren. Schuhe zog sie nachts nie an. Und sie saß so lange bei mir, bis ich satt war. Und dann hörte ich sie noch die Teller wegsetzen, wenn ich in meinem Zimmer schon das Licht ausgemacht hatte. Jede Nacht war es so. Und meistens immer um halb drei. Das war ganz selbstverständlich, fand ich, dass sie mir nachts um halb drei in der Küche das Essen machte. Ich fand das ganz selbstverständlich. Sie tat das ja immer. Und sie hat nie mehr gesagt als: So spät wieder. Aber das sagte sie jedes Mal. Und ich dachte, das könnte nie aufhören. Es war mir so selbstverständlich. Das alles war doch immer so gewesen.

Einen Atemzug lang war es ganz still auf der Bank. Dann sagte er leise: Und jetzt? Er sah die anderen an. Aber er fand sie nicht. Da sagte er der Uhr leise ins weißblaue runde Gesicht: Jetzt, jetzt weiß ich, dass es das Paradies war. Das richtige Paradies.

Auf der Bank war es ganz still. Dann fragte die Frau: Und Ihre Familie?

Er lächelte sie verlegen an: Ach, Sie meinen meine Eltern? Ja, die sind auch mit weg. Alles ist weg. Alles, stellen Sie sich vor. Alles weg.

Er lächelte verlegen von einem zum anderen. Aber sie sahen ihn nicht an.

Da hob er wieder die Uhr hoch und er lachte. Er lachte: Nur sie hier. Sie ist übrig. Und das Schönste ist ja, dass sie ausgerechnet um halb drei stehengeblieben ist. Ausgerechnet um halb drei.

Dann sagte er nichts mehr. Aber er hatte ein ganz altes Gesicht. Und der Mann, der neben ihm saß, sah auf seine Schuhe. Aber er sah seine Schuhe nicht. Er dachte immerzu an das Wort Paradies.

Vielleicht hat sie ein rosa Hemd

Die beiden saßen auf dem Brückengeländer. Ihre Hosen waren dünn und das Brückengeländer war eisig. Aber da gewöhnte man sich dran. Auch dass es so drückte. Sie saßen da. Es regnete, es regnete nicht, es regnete. Sie saßen und hielten Parade ab. Und weil sie einen Krieg lang nur Männer gesehen hatten, sahen sie jetzt nur Mädchen.

Eine ging vorbei.

Hat einen ganz schönen Balkon. Kann man auf Kaffee trinken, sagte Timm.

Und wenn sie so lange in der Sonne rumläuft, wird die Milch sauer, grinste der andere.

Dann kam noch eine.

Steinzeit, resignierte der neben Timm.

Alles voll Spinngewebe, sagte der.

Dann kamen Männer. Die kamen ohne Kommentar davon. Schlosserlehrlinge, Büroangestellte mit weißer Haut, Volksschullehrer mit genialen Gesichtern und schäbigen Hosen, dicke Männer mit dicken Beinen, Asthmatiker und Straßenbahner mit Feldwebelschritt.

Und dann kam sie. Sie war ganz anders. Man hatte das Gefühl, sie müsse nach Pfirsich riechen. Oder nach ganz sauberer Haut. Sicher hatte sie auch einen ganz besonderen Namen: Evelyne – oder so. Dann war sie vorbei. Die beiden sahen hinterher.

Vielleicht hat sie ein rosa Hemd, meinte Timm dann.

Warum, sagte der andere.

Doch, antwortete Timm, die so sind, die haben meistens ein rosa Hemd.

Blöde, sagte der andere, sie kann ebenso gut ein blaues haben. Kann sie eben nicht, du, kann sie eben nicht. Solche die haben rosane. Das weiß ich ganz genau, mein Lieber. Timm wurde ganz laut, als er das sagte.

Da sagte der neben ihm: Du kennst wohl eine?

Timm sagte nichts. Sie saßen da und das Brückengeländer war eisig durch die dünnen Hosen. Da sagte Timm:

Nein, ich nicht. Aber ich kannte mal einen, der hatte eine mitn rosa Hemd. Beim Kommiss. In Russland. In seiner Brieftasche hatte er immer son Stück rosa Zeug. Aber das ließ er nie sehen. Aber einen Tag fiel es auf die Erde. Da haben es alle gesehen. Aber gesagt hat er nichts. Nur angelaufen ist er. Wie das Stück Zeug. Ganz rosa. Abends hat er mir dann erzählt, das hätte er von seiner Braut. Als Talisman, weißt du. Sie hat nämlich lauter rosa Hemden, hat er gesagt. Und davon ist es.

Timm hörte auf.

Na und? fragte der andere.

Da sagte Timm ganz leise: Ich hab es ihm weggenommen. Und dann hab ich es hochgehalten. Und wir haben alle gelacht. Mindestens eine halbe Stunde haben wir gelacht. Und was die für Dinger gesagt haben, kannst du dir denken.

Und da? fragte der neben Timm.

Timm sah auf seine Knie. Er hat es weggeworfen, sagte er. Und dann sah Timm den andern an: Ja, sagte er, er hat es weggeworfen, und dann hat es ihn erwischt Am nächsten Tag hat es ihn schon erwischt

Sie sagten beide nichts. Saßen da so und sagten nichts. Aber dann sagte der andere: Blödsinn. Und er sagte es noch einmal. Blödsinn, sagte er.

Ja, ich weiß, sagte Timm. Natürlich ist es Blödsinn. Das ist ja ganz klar. Das weiß ich auch. Und dann sagte er noch: Aber komisch ist es, weißt du, komisch ist es doch.

Und Timm lachte. Sie lachten alle beide. Und Timm machte eine Faust in der Hosentasche. Dabei zerdrückte er etwas. Ein kleines Stück rosa Stoff. Viel rosa war da nicht mehr dran, denn er hatte es schon lange in der Tasche. Aber es war noch rosa. Er hatte es aus Russland mitgebracht.

Unser kleiner Mozart

Von morgens halb fünf bis nachts um halb eins. Die Stadtbahn fuhr alle drei Minuten. Jedes Mal rief eine Frauenstimme durch den Lautsprecher auf den Bahnsteig: Lehrter Straße. Lehrter Straße. Das wehte rüber bis nach uns. Von morgens halb fünf bis nachts um halb eins. Achthundertmal: Lehrter Straße. Lehrter Straße.

Am Fenster stand Liebig. Morgens schon. Mittags. Und nachmittags noch. Und die endlosen Abende: Lehrter Straße. Lehrter Straße.

Sieben Monate stand er nun schon am Fenster und sah nach der Frau. Da drüben musste sie irgendwo sein. Mit ganz netten Beinen vielleicht. Mit Busen. Und Locken. Vorstellen konnte man sie sich. Und auch sonst noch. Liebig sah stundenlang rüber, wo sie sang. Durch sein Gehirn ging ein Rosenkranz. Bei jeder Perle betete Liebig: Lehrter Straße. Lehrter Straße. Von morgens halb fünf bis nachts um halb eins. Morgens schon. Mittags. Und nachmittags noch. Und die endlosen Abende: Lehrter Straße. Lehrter Straße. Achthundertmal jeden Tag. Und Liebig stand nun schon sieben Monate am Fenster und sah nach der Frau. Denn man konnte sie sich vorstellen. Mit ganz netten Beinen vielleicht. Mit Knien. Busen. Und mit viel Haar. Lang, endlos lang wie die endlosen Abende. Liebig sah nach ihr hin. Oder sah er nach Breslau? Aber Breslau war ein paar hundert Kilometer weit weg. Liebig war aus Breslau. Ob er abends nach Breslau sah? Oder betete er diese Frau an? Lehrter Straße. Lehrter Straße. Endloser Rosenkranz. Mit ganz netten Beinen. Lehrter Straße. Achthundertmal. Und mit Busen. Morgens schon. Und mit endlosem endlosem Abendhaar. Und das ging von der Lehrter Straße bis Breslau. Bis in den Traum rein. Bis Breslau. Bis Bres – – Breslauer Straße – – Breslauer Straße – – Alles aussteigen – – Aussteigen – – Alles aus – – Alles aus – – Alles – – Alles – – Bres – – lau – –

Aber Pauline saß krumm auf seinem Hocker und behauchte seine Fingernägel. Dann polierte er sie an der Hose. Das tat er immer. Monate schon. Und die Nägel waren schön rosig und blank. Pauline war homosexuell. Er war als Sanitäter an der Front gewesen. Er hätte sich an die Verwundeten rangemacht. Uns sagte er, er hätte ihnen bloß Pudding gekocht. Einfach bloß Pudding. Dafür hatte er dann zwei Jahre Zuchthaus gekriegt. Er hieß Paul. Für uns natürlich Pauline. Natürlich. Und allmählich protestierte er auch nicht mehr dagegen. Als er von der Verhandlung zurückkam, jammerte er: Mein scheenes Jespartes! Mein scheenes Jespartes. Das wär mir im Alter so prima zujute jekommen. So prima zujute. Aber dann vergaß er das alles. Er stellte sich um auf das Zuchthaus. Er wurde blöd. Und seitdem polierte er nur noch die Fingernägel. Das war das einzige, was er noch tat. Und von da ab ganz offen. Und nun schon monatelang. Und auch vielleicht noch weiter monatelang, bis im Zuchthaus ein Platz frei war. Eine Pritsche für Pauline. So lange polierte Pauline. Draußen, drüben hinter der Mauer, sang die Frau von der Stadtbahn das heroische

Lied mit den achthundert Versen. Sang es von morgens halb fünf bis nachts um halb eins. Sang im Besitz von Locken und Busen. Sang in unsere Zelle hinein das idiotische Lied, das Mühle-Mahle-Alltagslied, das ewige Menschlied, das idiotische: Lehrter Straße, Lehrter Straße. Man konnte sie sich vorstellen. Die Singsangfrau. Vielleicht biss sie vor Tollheit beim Küssen. Vielleicht stöhnte sie tierhaft. (Vielleicht stammelte sie: Lehrter Straße, wenn ihr einer unter die Röcke ging?) Vielleicht riss sie die Augen groß und schwimmend auf, wenn man sie abends verführte. Vielleicht roch sie auch wie das nasse Gras morgens um vier: So kalt und so grün und so toll und so, ja, und so – – ach, das Weib sang achthundertmal jeden Tag: Lehrter Straße. Lehrter Straße. Und keiner kam und erwürgte sie. Keiner dachte an uns. Und keiner biss ihr die Kehle durch, diese verruchte. Aber nein, aber nie, denn sie sang, die Frau von der Stadtbahn, sang den sentimentalen Weltheimwehsong, dieses blödsinnige unaustilgbare Lied von der Lehrter Straße. Davon. Aber es gab auch schwindelfreie Tage. Fest- und Feier-, Sonntage einfach. Das waren die Montage. Denn montags durften wir uns rasieren. Das waren die männerbetonten Tage, die selbstbewussten, die erfrischenden. Einmal in der Woche durften wir das. Das war an den Montagen. Die Seife war schlecht und das Wasser war kalt und die Klingen waren jämmerlich stumpf. (Da kann man bis nach Breslau drauf reiten, fluchte Liebig. Er ritt immer nach Breslau. Auch auf der Frau von der Stadtbahn.) So stumpf waren die Klingen. Aber es waren Sonntage, diese Montage. Denn wir durften uns montags unter Aufsicht rasieren. Dann war unsere Zellentür auf und draußen saß Truttner mit der Uhr auf dem Schoß. Die Uhr war dick und laut und abgeschabt. Truttner war Unterfeldwebel, magenkrank, vierundfünfzig, Familienvater und Weltkriegsteilnehmer. Und grimmig. Seine Rolle in diesem Leben war grimmig. Mit seinen

Kindern war er sicher nicht grimmig. Aber mit uns. Mit uns sogar sehr. Das war komisch. Und wenn wir uns montags rasierten, saß Truttner vor unserer Zelle mit der Uhr in der Hand und klappte mit seinen Absätzen (die waren benagelt, natürlich) einen preußischen Marsch. Davon schnitten wir uns dann. Denn er klopfte aus Ungeduld. Und weil er uns das Rasieren nicht gönnte. Denn frisch rasiert sein macht fröhlich. Deswegen ärgerte er sich, wenn wir uns rasierten. Und er sah dauernd auf seine widerlich laute Uhr. Und klappte die ungeduldigen Märsche dazu. Und obendrein hatte er noch die Pistolentasche offen. Er war Familienvater und hatte die Pistolentasche offen. Das war sehr komisch.

Einen Spiegel hatten wir natürlich nicht. Mit Spiegeln konnte man sich die Pulsadern aufschneiden. Das gönnten sie uns nicht. So einen harmlosen heimlichen Pulsadertod hatten wir nicht verdient. Dafür hatte man ein Stück blankes Blech an unser Schränkchen genagelt Da konnte man sich zur Not drin sehen. Erkennen nicht. Nur gerade eben sehen. Und das war ganz gut, dass man sich nicht erkannte. Man hätte sich doch nicht erkannt. Das Stück blankes Blech war an unser Schränkchen genagelt. Denn wir hatten ein Schränkchen. Da waren unsere vier Essnäpfe drin. Die aus Aluminium. Verbeult. Bekritzelt. An Hofhunde erinnernd. Wie gemein, stand auf einem, und: Morgen noch siebzehn Monate. Auf dem anderen war ein Kalender mit vielen kleinen Kreuzen. Und Elisabeth stand da drauf. Sieben- oder achtmal. In meinem Essnapf stand nur: Immerzu Suppe. Das war alles. Der hatte recht gehabt. Und in Paulines Napf hatte einer zwei Hängebrüste geritzt. Immer wenn Pauline seine Suppe aufgegessen hatte, grinsten ihn die riesigen Hängebrüste an. Wie die Augen des Schicksals. Arme Pauline. Er war doch gar nicht für sowas. Aber er hatte doch Pudding gekocht. Das war nun die Strafe. Vielleicht magerte er deswegen so ab. Vielleicht ekelte er sich so vor den Brüsten. Gestern Abend hatte mir Mozart sein blaues Hemd hingeworfen. Ich brauch es jetzt nicht mehr, sagte er. Er hatte heute Verhandlung. Heute Morgen hatten sie ihn geholt. Ich soll ein Radio geklaut haben, sagte Mozart. Und jetzt stand ich mit seinem blauen Hemd vor unserm Blechspiegel und spiegelte mich. Pauline sah zu. Ich freute mich über das Hemd. Denn meins war bei der Entlausung aus den Nähten gegangen. Jetzt hatte ich doch wieder ein Hemd. Und das Hellblau stand mir ganz gut. Pauline sagte das jedenfalls. Und ich fand das auch. Das Blau stand mir gut. Nur den Kragen kriegte ich nicht zu. Mozart war ein kleines zartes Kerlchen. Er hatte einen Hals wie ein Backfisch. Meiner war dicker. (Das mit dem Backfisch sagte Pauline immer.) Lass es offen, sagte Liebig vom Fenster her. Dann siehst du aus wie ein Sozialist.

Aber dann sieht man die Haare auf der Brust so, sagte Pauline. Das reizt, antwortete Liebig und starrte wieder nach der Lautsprecherstimme.

Mozart war wirklich unwahrscheinlich klein und zart. Er hatte einen Hals wie ein Backfisch. (Sagte Pauline immer.)

Dann kam unsere ungarische Suppe. Das war heißes Wasser mit Paprikaschoten. Das brannte im Bauch. Damit man sich satt fühlte. Und das war viel wert. Aber man musste hundertmal auf den Kübel.

Beim Essen kam Mozart von der Verhandlung zurück. Er hatte Verhandlung gehabt. Vier Stunden. Er war etwas verlegen. Truttner schloss die Zellentür auf und ließ ihn rein. Aber er nahm ihm die Handschellen nicht ab. Wir wunderten uns. Na, was hast du gekriegt? fragten wir alle drei auf einmal und legten vor Spannung unsere Löffel wieder hin auf den Tisch. Halsschmerzen, sagte Mozart und war etwas verlegen dabei. Wir verstanden ihn nicht.

Der Unterfeldwebel hatte seine Pistolentasche offen. Er stand wie ein Riese in der Zellentür. Dabei war er höchstens einen Meter und siebzig. Los, packen Sie Ihre Sachen, Mozart. Mozart packte seine Sachen. Ein Stück Seife. Seinen Kamm. Das halbierte Handtuch. Zwei Briefe. Mehr hatte Mozart nicht. Er war sehr verlegen.

Erzählen Sie Ihren Kollegen mal, was Sie alles auf Ihrem Konto haben. Die interessiert das. Mozart erschrak. Truttner sah sehr gemein aus, als er das sagte. So gemein sah er zu Hause sicher nicht aus. Mozart war verlegen.

Ich habe Feldwebeluniform angehabt – fing Mozart sehr leise an.

Obgleich – half ihm Truttner.

Obgleich ich nur Oberschütze bin.

Weiter, Mozart, was noch.

Ich hab das Ritterkreuz getragen –

Obgleich, Mozart, obgleich –

Obgleich ich nur die Ostmedaille tragen darf.

Weiter, Mozart, immer munter.

Ich habe meinen Urlaub überschritten –

Nur ein paar Tage, nicht, Mozart, doch nur ein paar Tage?

Nein, Herr Unterfeldwebel.

Sondern, Mozart, sondern?

Neun Monate, Herr Unterfeldwebel.

Und wie heißt das, Mozart? Urlaub überschritten?

Nein.

Na wie denn?

Fahnenflucht, Herr Unterfeldwebel.

Richtig, Mozart, ganz richtig. Na, und was haben Sie sonst noch zu bieten?

Ich habe die Radios weggenommen.

Geklaut, Mozart.

Geklaut, Herr Unterfeldwebel.

Wieviel denn, mein kleiner Mozart, wieviel denn? Erzählen Sie doch. Ihre Kollegen interessiert das.

Sieben.

Und woher, Mozart?

Eingebrochen.

Siebenmal, Mozart?

Nein, Herr Unterfeldwebel. Elf.

Was elf, Mozart? Drücken Sie sich ruhig deutlich aus.

Elfmal eingebrochen.

Einen ganzen Satz, Mozart, nicht so schüchtern, reden Sie ruhig in ganzen Sätzen. Also?

Ich habe elfmal eingebrochen.

So ist schön, Mozart, so ist in Ordnung. Sonst war wohl nichts mehr, nicht, Mozart, das war wohl alles?

Nein, Herr Unterfeldwebel.

Ach, noch mehr, Mozart, noch mehr? Was denn noch?

Die alte Frau –

Was denn, Mozart, was war denn mit der?

Ich hab sie umgeschubst.

Umgeschubst, Mozart?

Gestoßen.

Ach so. Na, und da? Erzählen Sie Ihren Kollegen doch. Die interessiert das. Die sind schon ganz stumm geworden vor Spannung. Die sind schon ganz platt. Los, Mozartchen, was war denn mit der alten Oma?

Sie ist gestorben. Mozart sagte das ganz leise. Noch viel leiser. Beinahe nur: Ge-storben. Er war sehr verlegen. Dann sah er den Unterfeldwebel an. Der machte sich gerade. Haben Sie Ihre Klamotten?

Jawohl.

Wie heißt das?

Jawohl, Herr Unterfeldwebel.

Dann nehmen Sie Haltung an.

Mozart legte die Hände an die Hosennaht. Der Unterfeldwebel auch. Dann sagte er:

Ich mache Sie darauf aufmerksam, dass ich bei Fluchtversuch von der Schusswaffe Gebrauch machen muss. Seine Pistolentasche stand schon offen. Genau wie montags beim Rasieren. Los, kommandierte er. Mozart wollte uns die Hand geben. Aber dann war er doch zu verlegen. Er war eigentlich immer etwas verlegen gewesen. Er war auch nur ein kleines, zartes Kerlchen. Er hatte einen Hals wie ein Backfisch. Manchmal hatte er abends gesungen. Wenn es dunkel war. Wenn es hell war, war er zu verlegen. Er war Friseur. Er hatte Kinderhände. Er liebte Jazzmusik. Er machte stundenlang Jazzmusik mit unseren Löffeln auf seinem Essnapf. Bis wir ihn Mozart nannten.

Er stand in der Zellentür. Er drehte sich noch um, obgleich er sehr verlegen war. Sein Backfischhals war ganz rot vor Verlegenheit.

Dein Hemd, sagte ich.

Mein Hemd? Er lächelte uns durch den Dunst unserer Paprikasuppe an. Ich hab doch Halsschmerzen, sagte er. Und dann machte er mit seinem Zeigefinger einen Halbkreis an seinem Uniformkragen entlang. Über den Kehlkopf. Von links nach rechts. Dann schloss Truttner die Tür ab.

Als wir abends unseren Abortkübel rausstellten, fand der Unterfeldwebel unser Mittagessen da drin. Das konnte er nicht begreifen.

DAS KÄNGURU

Morgen. Die Posten dösten. Ihre Decken waren noch nass von der Nacht. Einer lag lang auf der Erde und schlug mit den Füßen den Takt:

Es war einmal ein Känguru
das nähte sich den Beutel zu
mit einer Nagelfeile
aus lauter Langeweile

aus lauter Langeweile
   aus lauter –
Sei mal still, sagte der andere. Er blieb plötzlich stehen.
 – aus lauter Langeweile
   aus lauter –
Sei doch mal still.
Was ist denn los? Der auf der Erde lag, drehte sich zu ihm um.
Da kommen welche.
Wer?
Weiß nicht. Man sieht ja nichts. Es wird heute überhaupt nicht hell.
   Es war einmal ein Känguru
   das nähte – na, siehst du was?
Ja, sie kommen.
Wo? Ach, Weiber! – das nähte sich den Beutel zu –
Du, das sind die beiden, die heute Nacht beim Alten waren.
Die gestern Abend aus der Stadt gekommen sind?
Ja, die.
Na Mensch. Der Alte hat vielleicht einen Geschmack. Die Große ist ein ganz gewaltiger Besen, sag ich dir.
Find ich nicht. Sie sieht doch ganz ordentlich aus.
Nee, du. Weißt du, so – so. Nee. Kuck dir bloß die Beine an.
Vielleicht hat er die Kleine gehabt.
Nee. Die ist nur so mitgekommen. Er hat die Große gehabt.
Junge, die Beine.
Wieso! sind doch ganz ordentlich.
Nee. Du. So – so – nee!
Versteh ich nicht vom Alten.
Was? Besoffen war er. Was sonst. Kannst ihm ne alte Kuh hinstellen, wenn er besoffen ist. Kuck dir bloß die Beine an.

Junge, ist das ein Besen. Muss der Alte wieder einen in der Krone gehabt haben, meine Güte. Na, und dann von gestern Abend an.

Ich danke.

Ich auch.

Sie wickelten sich wieder in ihre Decken. Die waren noch nass von der Nacht. Der an der Erde lag, schlug mit den Füßen den Takt:

Es war einmal ein Känguru
das nähte sich den Beutel zu
das nähte
das nähte –

Er hatte kalte Füße und schlug mit den Füßen den Takt:

das nähte
das nähte – – –

Abend. Die Decken waren schon nass. Von der Nacht. Sie dösten. Und der eine schlug mit den Füßen den Takt:

Es war einmal ein Känguru
das nähte –

Du.

Hm?

Sei mal still.

Warum?

Sie kommen.

Sie kommen? Er stand auf. Die Decken fielen auf die Erde.

Ja, sie kommen. Sie tragen ihn.

Ja. Acht Mann.

Du.

Hm?

Sag mal, der Alte ist ja so klein. Oder kommt das, weil sie ihn tragen?

Nee, sie hat ihm doch den Kopf abgehauen.

Meinst du, deswegen ist er so klein?

Was sonst.

Begraben sie ihn nun so?
Wie?
So ohne Kopf.
Was sonst. Den hat sie doch mitgenommen.

Junge Junge. Das war aber auch eine. Muss der Alte einen in der Krone gehabt haben.

Na, lass ihn man.
Natürlich. Jetzt hat er ja doch nichts mehr davon.
Nee.
Sie wickelten sich wieder in die Decken.
Du.
Ja?
Meinst du, ob das ein richtiges Mädchen war?
Wegen dem Kopf?
Na ja.
Nee, du. Ein richtiges Mädchen? Nee.
Dann hat sie ihn auch noch mitgenommen.
Na Mensch.
Ob sie das nur wegen der Stadt getan hat?
Was sonst.
Junge Junge. Einfach so den Kopf.
Ich danke.
Ich auch, weißt du, ich auch.
Und er schlug wieder mit den Füßen den Takt:
  Es war einmal ein Känguru
  das nähte sich den Beutel zu
  den Beutel zu
  den Beutel zu – – –

Als die beiden Mädchen durch die Stadt gingen, schrien alle. Die Große trug einen Kopf. Ihr Kleid hatte dunkle Flecke. Sie zeigte den Kopf.

Judith! schrien alle.

Sie hob ihr Kleid hoch und machte einen Beutel daraus vor der Brust.

Da lag der Kopf drin. Sie zeigte ihn.
Judith! schrien alle. Judith! Judith!
Sie trug den Kopf im Kleid vor sich hin. Wie ein Känguru sah sie aus.

Nachts schlafen die Ratten doch

Das hohle Fenster in der vereinsamten Mauer gähnte blaurot voll früher Abendsonne. Staubgewölke flimmerte zwischen den steilgereckten Schornsteinresten. Die Schuttwüste döste.

Er hatte die Augen zu. Mit einmal wurde es noch dunkler. Er merkte, dass jemand gekommen war und nun vor ihm stand, dunkel, leise. Jetzt haben sie mich! dachte er. Aber als er ein bisschen blinzelte, sah er nur zwei etwas ärmlich behoste Beine. Die standen ziemlich krumm vor ihm, dass er zwischen ihnen hindurchsehen konnte. Er riskierte ein kleines Geblinzel an den Hosenbeinen hoch und erkannte einen älteren Mann. Der hatte ein Messer und einen Korb in der Hand. Und etwas Erde an den Fingerspitzen.

Du schläfst hier wohl, was? fragte der Mann und sah von oben auf das Haargestrüpp herunter. Jürgen blinzelte zwischen den Beinen des Mannes hindurch in die Sonne und sagte: Nein, ich schlafe nicht. Ich muss hier aufpassen. Der Mann nickte: So, dafür hast du wohl den großen Stock da?

Ja, antwortete Jürgen mutig und hielt den Stock fest.

Worauf passt du denn auf?

Das kann ich nicht sagen. Er hielt die Hände fest um den Stock.

Wohl auf Geld, was? Der Mann setzte den Korb ab und wischte das Messer an seinem Hosenboden hin und her.

Nein, auf Geld überhaupt nicht, sagte Jürgen verächtlich. Auf ganz etwas anderes.

Na, was denn?

Ich kann es nicht sagen. Was anderes eben.

Na, denn nicht. Dann sage ich dir natürlich auch nicht, was ich hier im Korb habe. Der Mann stieß mit dem Fuß an den Korb und klappte das Messer zu.

Pah, kann mir denken, was in dem Korb ist, meinte Jürgen geringschätzig, Kaninchenfutter.

Donnerwetter, ja! sagte der Mann verwundert, bist ja ein fixer Kerl. Wie alt bist du denn?

Neun.

Oha, denk mal an, neun also. Dann weißt du ja auch, wieviel drei mal neun sind, wie?

Klar, sagte Jürgen und um Zeit zu gewinnen, sagte er noch: Das ist ja ganz leicht. Und er sah durch die Beine des Mannes hindurch. Dreimal neun, nicht? fragte er noch mal, siebenundzwanzig. Das wusste ich gleich.

Stimmt, sagte der Mann, genau so viel Kaninchen habe ich.

Jürgen machte einen runden Mund: Siebenundzwanzig?

Du kannst sie sehen. Viele sind noch ganz jung. Willst du?

Ich kann doch nicht. Ich muss doch aufpassen, sagte Jürgen unsicher.

Immerzu? fragte der Mann, nachts auch?

Nachts auch. Immerzu. Immer. Jürgen sah an den krummen Beinen hoch. Seit Sonnabend schon, flüsterte er.

Aber gehst du denn gar nicht nach Hause? Du musst doch essen, Jürgen hob einen Stein hoch. Da lag ein halbes Brot. Und eine Blechschachtel.

Du rauchst? fragte der Mann, hast du denn eine Pfeife?

Jürgen fasste seinen Stock fest an und sagte zaghaft: Ich drehe. Pfeife mag ich nicht.

Schade, der Mann bückte sich zu seinem Korb, die Kaninchen hättest du ruhig mal ansehen können. Vor allem die Jungen. Vielleicht hättest du dir eines ausgesucht. Aber du kannst hier ja nicht weg.

Nein, sagte Jürgen traurig, nein nein.

Der Mann nahm den Korb und richtete sich auf. Na ja, wenn du hierbleiben musst – schade. Und er drehte sich um. Wenn du mich nicht verrätst, sagte Jürgen da schnell, es ist wegen den Ratten. Die krummen Beine kamen einen Schritt zurück: Wegen den Ratten?

Ja, die essen doch von Toten. Von Menschen. Da leben sie doch von.

Wer sagt das?

Unser Lehrer.

Und du passt nun auf die Ratten auf? fragte der Mann.

Auf die doch nicht! Und dann sagte er ganz leise: Mein Bruder, der liegt nämlich da unten. Da. Jürgen zeigte mit dem Stock auf die zusammengesackten Mauern. Unser Haus kriegte eine Bombe. Mit einmal war das Licht weg im Keller. Und er auch. Wir haben noch gerufen. Er war viel kleiner als ich. Erst vier. Er muss hier ja noch sein. Er ist doch viel kleiner als ich.

Der Mann sah von oben auf das Haargestrüpp. Aber dann sagte er plötzlich: Ja, hat euer Lehrer euch denn nicht gesagt, dass die Ratten nachts schlafen?

Nein, flüsterte Jürgen und sah mit einmal ganz müde aus, das hat er nicht gesagt.

Na, sagte der Mann, das ist aber ein Lehrer, wenn er das nicht mal weiß. Nachts schlafen die Ratten doch. Nachts kannst du ruhig nach Hause gehen. Nachts schlafen sie immer. Wenn es dunkel wird, schon.

Jürgen machte mit seinem Stock kleine Kuhlen in den Schutt.

Lauter kleine Betten sind das, dachte er, alles kleine Betten. Da sagte der Mann (und seine krummen Beine waren ganz unruhig dabei): Weißt du was? Jetzt füttere ich schnell meine Kaninchen und wenn es dunkel wird, hole ich dich ab. Vielleicht kann ich eins mitbringen. Ein kleines oder, was meinst du?

Jürgen machte kleine Kuhlen in den Schutt. Lauter kleine Kaninchen. Weiße, graue, weißgraue. Ich weiß nicht, sagte er leise und sah auf die krummen Beine, wenn sie wirklich nachts schlafen.

Der Mann stieg über die Mauerreste weg auf die Straße. Natürlich, sagte er von da, euer Lehrer soll einpacken, wenn er das nicht mal weiß.

Da stand Jürgen auf und fragte: Wenn ich eins kriegen kann? Ein weißes vielleicht?

Ich will mal versuchen, rief der Mann schon im Weggehen, aber du musst hier solange warten. Ich gehe dann mit dir nach Hause, weißt du? Ich muss deinem Vater doch sagen, wie so ein Kaninchenstall gebaut wird. Denn das müsst ihr ja wissen.

Ja, rief Jürgen, ich warte. Ich muss ja noch aufpassen, bis es dunkel wird. Ich warte bestimmt. Und er rief: Wir haben auch noch Bretter zu Hause. Kistenbretter, rief er.

Aber das hörte der Mann schon nicht mehr. Er lief mit seinen krummen Beinen auf die Sonne zu. Die war schon rot vom Abend und Jürgen konnte sehen, wie sie durch die Beine hindurchschien, so krumm waren sie. Und der Korb schwenkte aufgeregt hin und her. Kaninchenfutter war da drin. Grünes Kaninchenfutter, das war etwas grau vom Schutt.

Er hatte auch viel Ärger mit den Kriegen

Damals hatte man seinen Vater. Wenn es dunkel wurde. Wenn man ihn auch schon nicht mehr sah in der violetten Dämmerung. Man hörte ihn doch. Wenn er hustete.

Und wenn er durch die Wohnung ging und dabei hustete. Und man roch seinen Tabak. Und das genügte dann schon. Dann hielt man die violetten Abende aus.

Nachher hatte man dann schon die Mädchen, die beinah noch keine Brüste hatten. Aber es war doch schon irgendwie gut, sie in den violetten Dämmerungen bei sich zu haben. Am Bootssteg. Und unterm Balkon abends. Die hatten dann auch ganz heiße Hände. Das genügte dann schon. Dann hielt man die violetten Dunkelheiten aus.

Und in den russischen Häusern hatte man dann mal ein altes Frauengesicht, wenn die anderen schnarchten und wenn einen das violette Gebrüll der Kanonen noch wachhielt. So ein altes Frauengesicht, gelbledern wie das Tuch, das da rum war, das genügte dann schon, wenn es aus der andern Zimmerecke über die Schnarchenden rüberglomm wie ein Öllicht. Nur das Metall der schlanken Gewehre glummerte wie Haut von Reptilien: stumm und gefährlich und blank. Und die machten die Dämmerungen in den russischen Häusern nicht gut. Sie machten das weiche Abendviolett so eisig mit ihrem Stahl. Aber so ein ledernes Altfrauengesicht, kanonendurchzittert, das glimmt einem das Leben lang aus allen violetten Dunkelheiten entgegen. Blutübersprenkelt. Von Mündungsfeuer grell aufgerissen. Von Tränennächten dunkel. Ein Frauengesicht. Hinter Vorstadtgardinen sieht man es manchmal sehr blass. In den Städten so viel. In den Abenden.

Diese Abende sind violett in den Straßen. In den engeren Straßen der Stadt jedenfalls. In unserer Stadt jedenfalls. Da, wo die kleinen Leute wohnen und die Straßen ganz eng sind. Die mit den großartigen Sehnsüchten. Die Büroangestellten mit den violetten Tintenflecken am Zeigefinger und am Ärmel. Und mit Gelbsucht manchmal. Die Tapezierer mit dem Ölfarbengeruch in der Haut. Und die Sielarbeiter, die noch einen Gashusten haben vom vorigen Krieg. Oder sonstwas. Die Maurer und die Briefträger, mit dem guten und etwas obeinigen Gang von Leuten, die viel gehen. Die Straßenbahnfeger mit ihrem gebürsteten Uniformstolz. Und mittendrin manchmal ein Kaffeehausgeiger und ein sozialistischer Dichter. Zigarettengrau, langhaarig, mit wüsten Gebärden. Ganz anders. Die wohnen in den engeren Straßen der Stadt, wo die Abende violett sind.

Violett und ganz weich werden abends die Kanten der Steine, die mausoleumskühlen Mäuler der Torwege, die würfeligen Mietblocks, die ergrauten Kasernen, die früher wohl heller waren, die Holzschuppen, die immer noch schief stehn. Und die Lichtmasten, die soldatisch korrekten, stehen sogar ganz verschlafen verloren in dem violetten Geschwimme des Abends. Und dann rascheln die seidenpapierenen Motten und Mücken und das andere strohige staubflügelige Nachtinsektengetier gegen das gelbe Geglimme der Lampen.

Eine Schüssel wird unterm Wasserhahn abgespült. Johannisbeeren waren drin. Kein Fett, denn die Schüssel ist schnell sauber. Man hört es. Sie wird in den Schrank gesetzt. Er knarrt. Er wird zugemacht. Er ist schon alt, denn er knarrt. Dann pischt es von vier Balkons, das Wasser, das über die Betunien gegossen wird. Es pischt von oben auf die Straße. Manchmal kommt auch ein Blütenblatt mit. Angewelkt. Von links nach rechts – von links nach rechts. Dann ist es unten. Morgen früh wird es zertreten. Vielleicht noch heut Nacht. Und dann sagt Eine: Bist du jetzt still! Und ein Kind garrt gegenan wie ein Huhn im Halbschlaf. Halblaut. Und dann hört man, wie ein Aluminiumgefäß auf den Fußboden gestellt wird. Unters Bett womöglich. Der Nachttopf womöglich. Dann geht eine Tür asthmatisch zu. Das Kind, das ruft noch zweimal. Aber dann tutet ein sehr schöner Dampfer (er ist sicher sehr schön!) vom

Hafen her. Und in der Wirtschaft bei Steenkamp, da grölen sie heut Abend zum vierzehnten Mal:

Düüüch – mein stülles Tool
grüüüß – üch tausend Mool – –

Und von all dem wird der Abend immer violetter.

Nun ist er schon so violett, dass man den Rauch, der aus der Pfeife von Herrn Lorenz kommt, gar nicht mehr sieht. Herr Lorenz steht nun vor der Tür. Er ist da eigentlich nur so hingetuscht und dabei etwas verwischt in diesem Abendviolett. Das kommt von seiner blauvioletten Uniform. Denn er ist bei der Straßenreinigung in Dienst, da haben sie die. Eigentlich bleibt von Herrn Lorenz nicht mehr viel übrig in Uniform. Er ist ganz aufgelöst darin. Sie hat ihn verschluckt mit ihrem satten Beamtenviolett. Mit diesem staatlich satten Violett. Und die Messingknöpfe hängen wie blanke Zehnpfennigstücke untereinander in der Haustür. Das ist der ganze Herr Lorenz. Darüber schwimmt ein hellgelber Käse. Das ist der Kopf von Herrn Lorenz. Und da ist manchmal ein rötlicher Punkt drin. Das ist die Pfeife von Herrn Lorenz. Aber nur wenn er zieht, ist da der rötliche Punkt Sonst ist der hellgelbe Käse allein in der Haustür. Und unter ihm schwimmen wie Zehnpfennigstücke die messingnen Knöpfe. Sechs. Immer drei untereinander. Das ist Herr Lorenz von der Straßenreinigung abends im violetten Hauseingang.

Und neben ihm noch was. Klein und verhutzelt und grau. Mit einer mehlblassen Scheibe darüber. Das ist Helene. Sie kriegt schwer Luft. Helene ist die Schwester von Herrn Lorenz. Alle drei Jahre kommt sie mal rein in die Stadt, um zu sehn, ob der Bruder noch lebt. Und der ist noch immer bei der Straßenreinigung. Nun stehn sie da beide im violetten Torwegmaul. Er in Uniform. Sie kriegt schwer Luft. Vorhin haben sie zum Himmel gesehn, ob Helene noch trocken nach Haus kommt. Wie Groschen, sagte Herr Lorenz, wie lauter Groschen. Er meinte die Sterne. Und dann sagte er plötzlich: Nee du, das musst du nicht sagen. Das stimmt nicht. Schlecht ist unser Pflaster hier nicht. Das musst du nicht sagen. Ich feg nun schon siebenunddreißig Jahr lang. Aber schlecht ist es nicht. Ich kenne hier fast jeden Stein. Die sitzen schon gut so. Die lass man.

Es macht aber müde, mein ich.

Gewohnheit, Helene, reine Gewohnheit.

Ich meins nicht direkt, weißt du. Ich meine das bildlich. Symbolisch, verstehst du?

Ach, symbolisch, meinst du, symbolisch?

Ja, übertragen, verstehst du?

Ah, ich weiß, was du meinst. Jetzt weiß ich, übertragen. Symbolisch. Symbolisch ist das Pflaster schlecht, willst du sagen? Ah.

Ja, siehst du. Bei uns draußen tritt man auf die Erde. Da weiß man doch immer, wo man ist. Und auch was man hat. Aber hier bei euch ist es glatt. Und wenn man ne Zeit unterwegs ist, dann wird man müde. Dann sieht man die rutschigen Stellen nicht mehr. Plötzlich, da liegt man. Und wo liegt man dann hier in der Stadt, Hermann, das frag ich dich, wo liegt man dann hier?

Du, sag das nicht, Helene, nee, sag das nicht. Sauber ist das Pflaster bei uns immer. Ich habe siebenunddreißig Jahre gefegt. Jeden Stein kenne ich. Wenn ich meine Tour rum hab, dann ist das aber wie geleckt, meine Gute. Wie ge-leckt!

Ich weiß wohl, Hermann, –

Umsonst haben sie mich nicht siebenunddreißig Jahre im Staatsdienst behalten. Wir sind alle solange dabei. Und umsonst nicht, Helene, das kannst du mir glauben. Wenn ich meine Tour rum hab, dann ist das aber wie geleckt, meine Gute. Wie ge-leckt! Das weiß ich doch, Hermann.

Ich mein das doch nur übertragen, symbolisch, verstehst du?

Symbolisch meinetwegen. Aber meine Tour ist sauber, wenn ich rein bin. Aber wenn du das symbolisch meinst, dann magst du recht haben. Aber bei euch draußen ist auch nicht alles so sauber, Helene, das vergiss nicht. Auf dem Lande ist auch manchmal allerhand los, meine Gute.

Ich weiß wohl, Hermann, ich weiß wohl. Aber hier in der Stadt – Natürlich, hier in der Stadt –

Die beiden stehn lange im Torweg. Der Abend wird noch violetter. Der Abend wird langsam Nacht. Liebespaare schwimmen manchmal vorbei. Die ganze Stadt ist violett. Nur die Fenster sind manchmal gelb oder grün. Manchmal auch rot. Aber sonst ist alles ganz violett. Und von den Liebespaaren hört man nur mal ein Wort. Manchmal auch nichts. Das Violett hat sie ganz verschluckt. Das Violett hat alles verschluckt.

Da patscht Herr Lorenz sich gegen die Stirn. Die Mücken, sagt er, sowie man nicht raucht!

Ich will auch man gehn, sagt seine Schwester, es wird sonst zu spät.

Ja, sagt Herr Lorenz, dann denk man nicht so viel, hörst du? Er kommt wohl noch wieder. Hört man doch oft, dass ein Vermisster mitn mal wieder da ist. Wenn der Krieg längst vorbei ist, hört man das noch. Hört man doch ziemlich oft.

Ach, weißt du – –

Nein nein, Helene, unterkriegen lassen darfst du dich nicht. Eine Lorenz lässt sich nicht unterkriegen, Helene. Schon allein der Kinder wegen nicht. Die brauchen dich ja letzten Endes. Schlappmachen darfst du nicht. Wart man, mitn mal ist er plötzlich wieder da.

Ach, Hermann – –

Durchhalten, Helene, durchhalten. Pass auf, sollst sehn, mitn mal kommt er wieder. Das gleicht sich alles wieder aus, Helene. Son Krieg macht viel Ärger. Aber das gleicht sich alles wieder aus. Ich hab auch meinen Ärger mit den Kriegen gehabt, das kann ich dir sagen. Einen ziemlichen Ärger. Aber das gleicht sich alles wieder aus, Helene, das kann ich dir sagen, das gleicht sich alles wieder aus. Ich hab auch n Berg Ärger mit den Kriegen gehabt. Damals mit dem. Und mit diesem erst. Das kann ich dir flüstern. Die ganzen Jahre das doppelte Revier zu fegen. Warn doch alle mit draußen von der Straßenreinigung. Bis auf die Kranken. Und die hierbliebn, die hatten n Berg Ärger, das kann ich dir sagen. Die ganzen Jahre das doppelte Revier. Bei dem Essen. Und dann wurden die Besen so schlecht. Und dann lagn die Straßen so voll. Wenn sie rausmachten von den Kasernen zum Bahnhof, die Jungens, dann konnten wir hinterher drei Tage lang fegen. Was meinst du, wie die Straßen aussahn von den Kasernen zum Bahnhof. Das kann ich dir sagen. Aber das gleicht sich alles wieder aus. Pass auf, Helene, er kommt noch wieder, was ich dir sage, er kommt noch wieder. Das gleicht sich alles sachte wieder aus. Bei uns war das auch so. Was hatten wir fürn Ärger. Und jetzt kommen sie wieder, die Jungs. Jetzt, wo es vorbei ist. Und jetzt sammeln sie alles auf, was sie bloß sehn. Nee, nicht nur die Landser. Alle. Jetzt liegt bald nichts mehr auf der Straße. Heut wirft kein Mensch mehr was weg, sag ich dir. Heut sammeln sie alle. Und was haben sie damals die Straßen versaut. Von den Kasernen zum Bahnhof. Mit Musik. Kinder Kinder. Da hatten wir hinterher ne Last mit, das kann ich dir sagen. Diese elenden Kriege.

   Meinst du, fragte Helene.

   Was? sagte Herr Lorenz.

   Dass er noch kommen kann?

   Aber klar doch, Helene, aber klar doch. Ich sag doch, das gleicht sich alles wieder aus. Denk an die Straßen. Wie die vollgesaut waren. Von den Kasernen bis runter zum Bahnhof – ein Dreck. Immer wenn son Schwung an die Front ging, hatten wir da die Last mit. Aber jetzt, wo es vorbei ist, jetzt sehn sie wie geleckt aus. Und das sind nicht nur die Soldaten, Helene. Alle sind es. Alle, Helene.

Das wär was.

Was sagst du?

Wenn er wiederkommt – –

Aber klar doch. Das gleicht sich alles wieder aus, Helene. Pass man auf. Das läuft sich alles wieder zurecht.

Das wär was. O ja. Das wär was.

Die Schwester von Herrn Lorenz sagt das noch mehrere Mal. Immer wieder: Das wär was. Dann klopft plötzlich was hölzernes.

Ach, du bist es, Hermann.

Ja, sie ist aus.

Er steckt seine Pfeife in die Tasche.

Ja, sagt er.

Ja, gute Nacht, Hermann.

Nacht, Helene, grüß die Kinder.

Ja, Hermann.

Komm bald mal wieder.

Ja, Hermann.

Oder schreib doch mal.

Ja, Hermann.

Sollst mal sehn, das gleicht sich alles wieder aus. Pass man auf. Da antwortet keiner mehr. Sie sieht sich noch um. Nur seine Messingknöpfe sind da. Sonst nichts. Wie Groschen, denkt sie. Dann sind die Groschen plötzlich weg.

Herr Lorenz macht sein Fenster zu. Lauter Groschen, denkt er. Herr Lorenz meint die Sterne damit. Und dann schläft er bald. Seine Uniform hängt überm Stuhl. Sie ist bläulich. Beinah noch mehr violett. Solche haben sie bei der Straßenreinigung. Herr Lorenz hat sie schon siebenunddreißig Jahre. Und zwei Kriege. Draußen geht eine ältere

Frau durch die Vorstadt. Das wär was, sagt sie manchmal. Dabei sieht man sie nicht. Die Nacht ist zu violett. Alles verschluckt sie. Und die ältere Frau trägt Schwarz.

Aber manchmal sagt sie noch: Das wär was. Das wär was. In einem fremden Land gibt es ein Dorf. Es hat einen Acker. An einer Stelle ist die Erde etwas höher als anderswo. Ungefähr einen Meter achtzig lang und einen halben Meter breit. Aber die Schwester von Herrn Lorenz kennt das Land nicht. Das Dorf nicht. Den Acker nicht. Das ist gut.

Im Mai, im Mai schrie der Kuckuck

Toll sind die Märzmorgende am Strom, man liegt noch im Halbschlaf, gegen vier so, und die Schiffsungetüme blasen ihr vitales Saurier-Gestöhn unruhig über die Stadt hin, in den eisigrosigen Frühnebel, den sonnenüberhauchten Silberdampf des atmenden Flusses hinein, und in dem letzten Traum vor Tag, da träumt man dann nicht mehr von hellbeinigen schlafwarmen Mädchen, um vier so, im rosigen Frühnebel, im Geblase der Dampfer, in ihrem großmäuligen Uu-Gebrüll, am Strom morgens, da träumt man dann ganz andere Träume, nicht die von Schwarzbrot und Kaffee und kaltem Schmorbraten, nicht die von stammelnden strampelnden Mädchen, nein, dann träumt man die ganz anderen Träume, die ahnungsvollen, frühen, die letzten, die allgewaltigen, undeutbaren Träume, die träumt man an den tollen Märzmorgenden am Strom, früh, um vier so …

Toll sind die Novembernächte in den vereinsamten mausgrauen Städten, wenn aus blauschwarzen Vorstadtfernen die Lokomotiven herüberschrein, angstvoll, hysterisch, kühn und abenteuerlich, in den ersten kaum begonnenen Schlaf hinein, Lokomotivenschrei, lang, sehnsüchtig, unfassbar, davon zieht man die Decke noch höher und drängt sich noch dichter an das nächtliche, zaubrische, heiße Tier, das Evelyn oder Hilde heißt, das in solchen Nächten, voll November und Lokomotivenschrei, vor Lust und Leid seine Sprache verliert, Tier wird, traumschweres, zuckendes, unersättliches Novemberlokomotiventier, denn toll, ach toll sind im November die Nächte.

Das sind die Märzmorgenschreie, die Saurierschreie der Schiffe im Strom, das sind die novembernächtigen Lokomotivenschreie über silbrigem Geleise durch angstblaue Wälder – aber man kennt auch, man kennt auch die Klarinettenschreie an Septemberabenden, die aus schnaps- und parfumstinkenden Bars kommen, und die Aprilschreie der Katzen, die schaurigen, wollüstigen, und die Julischreie der sechzehnjährigen Mädchen, die über irgendein Brückengeländer rückwärts gebogen werden, bis ihnen die Augen übergehen, die lüstern erschrockenen, und die einsamen januareisigen Schreie der jungen Männer kennt man, Genieschreie über verdorbenen Dramen und verkommenen Blumengedichten:

All dies Weltgeschrei, dies dunkelnächtige, von der Nacht benebelte, angeblaute, tintenfarbige, asternblütig blutige Geschrei, das kennt man, das erinnert man, das erträgt man wieder und wieder, und Jahr um Jahr, Tag um Tag, Nacht für Nacht.

Aber der Kuckuck, im Mai der Kuckuck, wer unter uns erträgt in den schwülen Mainächten, an den Maimittagen sein tolles träge erregtes Geschrei? Wer von uns hat sich je an den Mai mit seinem Kuckuck gewöhnt, welches Mädchen, welcher Mann? Jahr um Jahr wieder, Nacht für Nacht wieder, macht er die Mädchen, die gierigatmenden, und die Männer, die betäubten, macht er sie wild, der Kuckuck, der Kuckuck im Mai, dieser Maikuckuck. Auch im Mai schrein Lokomotiven und Schiffe und Katzen und Fraun und Klarinetten – sie schreien dich an, wenn du allein auf der Straße bist, dann, wenn es schon dunkelt, aber dann fällt noch der Kuckuck über dich her. Eisenbahnpfiff, Dampfergedröhn, Katzengejaul, Klarinettengemecker und Frauenschluchzen – aber der Kuckuck, der Kuckuck schreit wie ein Herz durch die Mainacht, wie ein pochendes lebendiges Herz, und wenn dich der Kuckucksschrei unvermutet überfällt in der Nacht, in der Mainacht, dann hilft kein Dampfer dir mehr und keine Lokomotive und kein Katzen- und Frauengetu und keine Klarinette. Der Kuckuck macht dich verrückt. Der Kuckuck lacht dich aus, wenn du fliehst. Wohin? lacht der Kuckuck, wohin denn im Mai? Und du stehst, von dem Kuckuck wild gemacht, mit all deinen Weltwünschen da, allein, ohne wohin, so allein, und dann hasst du den Mai, hasst ihn vor sehnsüchtiger Liebe, vor Weltschmerz, hasst ihn mit deiner ganzen Einsamkeit, hasst diesen Kuckuck im Mai, diesen … … Und dann laufen wir mit unserem Kuckucksschicksal, ach, wir werden unser Kuckuckslos, dieses über uns verhängte Verhängnis nicht los, durch die tauigen Nächte. Schrei, Kuckuck, schrei deine Einsamkeit in den Maifrühling rein, schrei Kuckuck, brüderlicher Vogel, ausgesetzt, verstoßen, ich weiß, Bruder Kuckuck, all dein Geschrei ist Geschrei nach der Mutter, die dich den Mainächten auslieferte, als Fremdling unter Fremde verstieß, schrei, Kuckuck, schrei dein Herz den Sternen entgegen, Bruder Fremdling du, mutterlos, schrei … Schrei, Vogel Einsam, blamiere die Dichter, ihnen fehlt deine tolle Vokabel, und ihre Einsamkeitsnot wird Geschwätz, und nur wenn sie stumm bleiben, dann tun sie ihre größte Tat, Vogel Einsam, wenn dein Mutterschrei uns durch schlaflose Mainächte jagt, dann tun wir unsere heldische Tat: Die unsägliche Einsamkeit, diese eisige männliche, leben wir dann, leben wir ohne deine tolle Vokabel, Bruder Vogel, denn das Letzte, das Letzte geben die Worte nicht her.

Hingehen sollen die heroisch verstummten einsamen Dichter und lernen, wie man einen Schuh macht, einen Fisch fängt und ein Dach dichtet, denn ihr ganzes Getu ist Geschwätz, qualvoll, blutig, verzweifelt, ist Geschwätz vor den Mainächten, vor dem Kuckucksschrei, vor den wahren Vokabeln der Welt. Denn wer unter uns, wer denn, ach, wer weiß einen Reim auf das Röcheln einer zerschossenen Lunge, einen Reim auf einen Hinrichtungsschrei, wer kennt das Versmaß, das rhythmische, für eine Vergewaltigung, wer weiß ein Versmaß für das Gebell der Maschinengewehre, eine Vokabel für den frisch verstummten Schrei eines toten Pferdeauges, in dem sich kein Himmel mehr spiegelt und nicht mal die brennenden Dörfer, welche Druckerei hat ein Zeichen für das Rostrot der Güterwagen, dieses Weltbrandrot, dieses angetrocknete blutigverkrustete Rot auf weißer menschlicher Haut? Geht nach Haus, Dichter, geht in die Wälder, fangt Fische, schlagt Holz und tut eure heroische Tat: Verschweigt! Verschweigt den Kuckucksschrei eures einsamen Herzens, denn es gibt keinen Reim und kein Versmaß dafür, und kein Drama, keine Ode und kein psychologischer Roman hält den Kuckucksschrei aus, und kein Lexikon und keine Druckerei hat Vokabel oder Zeichen für deine wortlose Weltwut, für deine Schmerzlust, für dein Liebesleid.

Denn wir sind wohl eingeschlafen unter dem Knistern geborstener Häuser (ach, Dichter, für das Seufzen sterbender Häuser fehlt dir jede Vokabel!), eingeschlafen sind wir unter dem Gebrüll der Granaten (welche Druckerei hat ein Zeichen für dieses metallische Geschrei?), und wir schliefen ein bei dem Gestöhn der Sträflinge und der vergewaltigten Mädchen (wer weiß einen Reim drauf, wer weiß den Rhythmus?) – aber hochgejagt wurden wir in den

Mainächten von der stummen Qual unserer Fremdlingsherzen hier auf der Frühlingswelt, denn nur der Kuckuck, nur der Kuckuck weiß eine Vokabel für all seine einsame mutterlose Not. Und uns bleibt allein die heroische Tat, die Abenteuertat: Unser einsames Schweigen. Denn für das grandiose Gebrüll dieser Welt und für ihre höllische Stille fehlen uns die armseligsten Vokabeln. Alles, was wir tun können, ist: Addieren, die Stimme versammeln, aufzählen, notieren.

Aber diesen tollkühnen sinnlosen Mut zu einem Buch müssen wir haben! Wir wollen unsere Not notieren, mit zitternden Händen vielleicht, wir wollen sie in Stein, Tinte oder Noten vor uns hinstellen, in unerhörten Farben, in einmaliger Perspektive, addiert, zusammengezählt und angehäuft, und das gibt dann ein Buch von zweihundert Seiten. Aber es wird nicht mehr da drin stehn als ein paar Glossen, Anmerkungen, Notizen, spärlich erläutert, niemals erklärt, denn die zweihundert bedruckten Seiten sind nur ein Kommentar zu den zwanzigtausend unsichtbaren Seiten, zu den Sisyphusseiten, aus denen unser Leben besteht, für die wir Vokabel, Grammatik und Zeichen nicht kennen. Aber auf diesen zwanzigtausend unsichtbaren Seiten unseres Buches steht die groteske Ode, das lächerliche Epos, der nüchternste verwunschenste aller Romane: Unsere verrückte kugelige Welt, unser zuckendes Herz, unser Leben! Das ist das Buch unserer wahnsinnigen dreisten bangen Einsamkeit auf nachttoten Straßen.

Aber die abends in den erleuchteten gelbroten blechernen Straßenbahnen durch die steinerne Stadt fahren, die, die müssen doch glücklich sein. Denn sie wollen ja irgendwohin, sie kennen den Namen ihrer Station ganz genau, sie haben ihn schon genannt, mit der Lippenfaulheit von Leuten, denen nichts mehr passieren kann, ohne aufzusehn, sie wissen, wo ihre Haltestelle ist (sie haben es alle nicht weit) und sie wissen, dass die Bahn sie dahin bringt. Dafür haben sie schließlich bezahlt an den Staat, mit Steuern einige, einige mit einem amputierten Bein, und mit zwanzig Pfennig Fahrgeld. (Kriegsversehrte die Hälfte. Ein Einbeiniger fährt im Leben 7862mal mit der Straßenbahn für die Hälfte. Er spart 786,20. Sein Bein, es ist bei Smolensk längst verfault, war 786,20 wert. Immerhin.) Aber glücklich sind die in der Bahn. Sie müssens doch sein. Sie haben weder Hunger noch Heimweh. Wie können sie Hunger oder Heimweh haben? Ihre Station steht schon fest und alle haben lederne Taschen bei sich, Pappkartons oder Körbe. Einige lesen auch. Faust, Filmillustrierte oder den Fahrschein, das siehst du ihnen nicht an. Sie sind gute Schauspieler. Sie sitzen da mit ihren erstarrten plötzlich alt gewordenen Kindergesichtern, hilflos, wichtig, und spielen Erwachsene. Und die Neunjährigen glauben ihnen das. Aber am liebsten würden sie aus den Fahrscheinen kleine Kügelchen machen und sich damit werfen, heimlich. So glücklich sind sie, denn in den Körben und Taschen und Büchern, die die Leute abends in der Straßenbahn bei sich haben, da sind die Mittel drin gegen Heimweh und Hunger, (und wenns eine Kippe ist, an der man sich satt kaut – und wenns ein Fahrschein ist, mit dem man flieht –). Die, die Körbe und Bücher bei sich haben, die in den Straßenbahnen abends, die müssen doch glücklich sein, denn sie sind ja geborgen zwischen ihren Nebenmännern, die Brillen, Husten oder bläuliche Nasen haben, und bei dem Schaffner, der eine amtliche Uniform an hat, unsaubere Fingernägel und einen goldenen Ehering, der mit den Fingernägeln wieder versöhnt, denn nur Junggesellenfingernägelsind unsympathisch, wenn sie unsauber sind. Ein verheirateter Straßenbahnschaffner hat womöglich einen kleinen Garten, einen Balkonkasten oder er bastelt für seine fünf Kinder Segelschiffe (ach, für sich baut er die, für seine heimlichen

Reisen!). Die bei so einem Schaffner abends geborgen sind in der mäßig erleuchteten Bahn, denn die Lampen sind nicht zu hell und sind nicht zu triste, die müssen doch beruhigt und glücklich sein – kein Kuckucksschrei bricht aus ihren sparsamen billigen bitteren Mündern und kein Kuckucksschrei dringt von außen her durch die dicken glasigen Fenster. Sie sind ohne Bestürzung und wie geborgen, ach, wie unendlich geborgen sind sie unter den soliden und etwas erblindeten Lampen des Straßenbahnwagens, unter den mittelmäßigen Gestirnen ihrer Alltage, diesen trübseligen Leuchten, die das Vaterland seinen Kindern in Behörden, Bahnhöfen, Bedürfnisanstalten (grünschirmig, spinnwebig) und Straßenbahnen spendiert. Und die altgewordenen albernen mürrischen Kinder in den Bahnen abends, unter behördlich angeordneten Lampen, die müssen doch glücklich sein, denn Angst (diese Maiangst, die Kuckucksangst), Angst können sie nicht haben: Sie haben doch Licht. Sie kennen den Kuckuck doch nicht. Sie sind beieinander, wenn was passiert (ein Mord, ein Zusammenstoß, ein Gewitter). Und sie wissen: wohin. Und sie sind in den gelbroten blechernen Straßenbahnen unter den Lampen bei Schaffner und Nachbar (und wenn er auch nach Hering aufstößt) mitten in der steinernen dunklen Abend-Stadt geborgen.

Nie wird die Welt über sie hereinbrechen wie über den, der allein auf der Straße steht: Ohne Lampe, ohne Station, ohne Nebenmann, hungrig, ohne Korb, ohne Buch, kuckucksüberschrien, voll Angst. Die so nackt und arm auf der Straße stehn, wenn die zigarettenrauchvollen Straßenbahnen vorbeiklingeln (schon das Klingeln jagt Heimweh und Angst in die düstern Torwege zurück!) mit ihren beruhigenden Mittelmaßlampen darin und den beruhigten Gesichtern darunter, aufgehoben für zehntausend Alltage, die dann noch dastehn, wenn die Straßenbahn schon weit ab durch eine rostige Kurve heulkreischt, die – die gehören der Straße. Die Straße ist ihr Himmel, ihr andächtiges Schreiten, ihr toller Tanz, ihre Hölle, ihr Bett (mit Parkbänken und Brückenbogen), ihre Mutter und ihr Mädchen. Diese grauharte Straße ist ihr staubiger schweigsam verlässlicher Kumpel, stur, treu, beständig. Diese verregnete sonnenbrennende sternüberstickte mondblanke windüberatmete Straße ist ihr Fluch und ihr Abendgebet (ist ihr Abendgebet, wenn eine Frau ein Glas Milch über hat – ist ihr Fluch, wenn die nächste Stadt, wenn die nächste Stadt vor der Nacht nicht mehr rankommt). Diese Straße ist ihre Verzagtheit und ihr abenteuerlicher Mut. Und wenn du ihnen vorbeigehst, dann sehn sie dich an wie die Fürsten, diese Flickenkönige von Lumpens Gnaden, und mit zugebissenem Mund sagen sie ihren ganzen großen harten protzigen klotzigen Reichtum:

Die Straße gehört uns. Die Sterne über, die sonnenwarmen Steine unter uns. Der Singsangwind und der erdigriechende Regen. Die Straße gehört uns. Wir haben unser Herz, unsere Unschuld, unsere Mutter, das Haus und den Krieg verloren – aber die Straße, unsere Straße verlieren wir nie. Die gehört uns. Ihre Nacht unterm Großen Bär. Ihr Tag unter der gelben Sonne. Ihr singender klingender Regen: Dies alles: Dieser Sonnenregenwindgeruch, dieser feuchtgrasige, nasserdige, mädchenblumige, der so gut riecht wie sonst nichts auf der Welt: Diese Straße gehört uns. Mit ihren emaillierten Hebammenschildern und ligusternen Friedhöfen rechts und links, mit der vergessenen Dunstwelt Gestern, die hinter uns liegt, mit dem ungeahnten morgigen Dunstland da vor uns. Da stehn wir, dem Kuckuck ausgeliefert, dem Mai, mit verkniffenen Tränen, heroisch sentimental, mit ein bisschen Romantik betrogen, einsam, männlich, muttersehnsüchtig, großspurig, verloren. Verloren zwischen Dorf und Dorf. Vereinsamt in der millionenfenstrigen Stadt. Schrei, Vogel Einsam, schrei um Hilfe, schrei für uns mit, denn uns fehlen die letzten Vokabeln, der Reim fehlt uns und das Versmaß auf all unsere Not.

Aber manchmal, Vogel Einsam, manchmal, selten, seltsam und selten, wenn die gelbblühende Straßenbahn die Straße gnadenlos zurückgeschleudert hat in ihre schwarze Verlassenheit, dann manchmal, selten, seltsam und selten, dann bleibt manchmal in mancher Stadt (oh so selten) doch noch ein Fenster da. Ein helles warmes verführerisches Viereck im steinern kalten Koloss, in der fürchterlichen Schwärze der Nacht: Ein Fenster.

Und dann geht alles ganz schnell. Ganz sachlich. Man notiert nur im Kopf: Das Fenster, die Frau, und die Mainacht. Das ist alles, wortlos, banal, verzweifelt. Man muss das wie einen Schnaps runterkippen, hastig, bitter, scharf, betäubend. Davor ist alles Geschwätz, alles. Denn dies ist das Leben: Das Fenster, die Frau, und die Mainacht. Ein fleckiger Geldschein aufm Tisch, Schokolade oder n Stück Schmuck. Dann notiert man: Beine und Knie und Schenkel und Brüste und Blut. Kipp runter den Schnaps. Und morgen schreit wieder der Kuckuck. Alles andere ist rührseliges Geschwätz. Alles. Denn dies ist das Leben, für das es keine Vokabel gibt: heißes hektisches Getu. Kipp runter den Schnaps. Er verbrennt und berauscht. Auf dem Tisch liegt das Geld. Alles andere ist Geschwätz, denn morgen, schon morgen schreit wieder der Kuckuck. Heute Abend nur diese kurze banale Notiz: Das Fenster, die Frau. Das genügt. Alles andere ist – um drei nachts beginnt wieder der Kuckuck. Wenn es graut. Aber heut Abend ist erstmal ein Fenster da. Und eine Frau. Und eine Frau.

Im Parterre steht ein Fenster offen. Noch offen zur Nacht. Der Kuckuck schreit grün wie eine leere Flasche Gin in die seidige Jasminnacht der Vorstadtstraßen hinein.

Ein Fenster steht noch offen. Ein Mann steht in der grüngeschrienen Kuckucksnacht, ein jasminüberfallener Mann mit Hunger und Heimweh nach einem offenen Fenster. Das Fenster ist offen. (Oh so selten!) Eine Frau lehnt da raus. Blass. Blond. Hochbeinig vielleicht. Der Mann denkt: Hochbeinig vielleicht, sie ist so der Typ. Und sie spricht so wie alle Fraun, die abends am Fenster stehn. So tierwarm und halblaut. So unverschämt träge erregt wie der Kuckuck. So schwersüß wie der Jasmin. So dunkel wie die Stadt. So verrückt wie der Mai. Und sie spricht so gewerbsmäßig nächtlich. So molltönig grün wie eine ausgesoffene Flasche Gin. So unverblümt blumig. Und der Mann vor dem Fenster knarrt ungeliebt einsam wie das ausgedörrte Leder seines Stiefels:

Also nicht.
Ich hab doch gesagt –
Also nicht?
– – –
Und wenn ich das Brot geb?
– – –
Ohne Brot nicht, aber wenn ich das Brot nun geb, dann?
Ich hab doch gesagt, Junge –
Dann also ja?
Ja.
Also ja. Hm. Also.
Ich hab doch gesagt, Junge, wenn die Kinder uns hören, wachen sie auf. Und dann haben sie Hunger. Und wenn ich dann kein Brot für sie hab, schlafen sie nicht wieder ein. Dann weinen sie die ganze Nacht. Versteh doch.
Ich geb ja das Brot. Mach auf. Ich geb es. Hier ist es. Mach auf.
Ich komm.
Die Frau macht die Tür auf, dann macht der Mann sie hinter sich zu. Unterm Arm hat er ein Brot. Die Frau macht

das Fenster zu. Der Mann sieht an der Wand ein Bild. Zwei nackte Kinder sind da drauf mit Blumen. Das Bild hat einen breiten Rahmen aus Gold und ist sehr bunt. Besonders die Blumen. Aber die Kinder sind viel zu dick. Amor und Psyche heißt das Bild. Die Frau macht das Fenster zu. Dann die Gardine. Der Mann legt das Brot auf den Tisch. Die Frau kommt an den Tisch und nimmt das Brot. Überm Tisch hängt die Lampe. Der Mann sieht die Frau an und schiebt die Unterlippe vor, als ob er etwas probiert. Vierunddreißig, denkt er dann. Die Frau geht mit dem Brot zum Schrank. Was für ein Gesicht, denkt sie, was hat der für ein Gesicht. Dann kommt sie von dem Schrank zurück wieder an den Tisch. Ja, sagt sie. Sie sehen beide auf den Tisch. Der Mann fängt an, mit dem Zeigefinger die Brotkrümel vom Tisch zu knipsen. Ja, sagt er. Der Mann sieht an ihren Beinen hoch. Man sieht die Beine fast ganz. Die Frau hat nur einen dünnen durchsichtig hellblauen Unterrock an. Man sieht ihre Beine fast ganz. Dann sind keine Brotkrümel mehr auf dem Tisch. Darf ich meine Jacke ausziehen? sagt der Mann. Sie ist so blöde.

Ja, die Farbe, nicht?
Gefärbt.
Ach, gefärbt? Wie eine Bierflasche.
Bierflasche?
Ja, so grün.
Ach so, ja, so grün. Ich häng sie hier hin.
Richtig wie eine Bierflasche.
Na, dein Kleid ist aber auch –
Was denn?
Na, himmelblau.
Das ist nicht mein Kleid.
Ach so.
Aber schön, ja?
Ja –

Soll ich anbehalten?

Ja ja. Natürlich.

Die Frau steht noch immer am Tisch. Sie weiß nicht, warum der Mann immer noch sitzt. Aber der Mann ist müde. Ja, sagt die Frau und sieht an sich runter. Da sieht der Mann sie an. Er sieht auch an ihr runter. Du, weißt du – sagt der Mann und sieht nach der Lampe. Das ist doch selbstverständlich, sagt sie und macht das Licht aus. Der Mann bleibt im Dunkeln still auf seinem Stuhl sitzen. Sie geht dicht an ihm vorbei. Er fühlt einen warmen Lufthauch, wie sie an ihm vorbeigeht. Dicht geht sie an ihm vorbei. Er kann sie riechen. Er riecht sie. Er ist müde. Da sagt sie von drüben her (von weit weit her, denkt der Mann): Komm doch jetzt. Natürlich, sagt er und tut, als wenn er drauf gewartet hat. Er stößt gegen den Tisch: Oh, der Tisch. Hier bin ich, sagt sie im Dunkeln. Aha. Er hört ihr Atmen ganz nah neben sich. Er streckt vorsichtig seine Hand aus. Sie hören sich beide atmen. Da trifft seine Hand auf etwas. Oh, sagt er, da bist du. Es ist ihre Hand. Ich hab im Dunkeln deine Hand gefunden, lacht er. Ich hab sie ja auch hingehalten, sagt sie leise. Da beißt sie ihn in den Finger. Sie zieht ihn runter. Er setzt sich hin. Sie lachen beide. Sie hört, dass er ganz schnell atmet. Er ist höchstens zwanzig, denkt sie, er hat Angst. Du alte Bierflasche, sagt sie. Sie nimmt seine Hand und tut sie auf ihre heiße nachtkühle Haut. Er fühlt, dass sie das himmelblaue Ding doch ausgezogen hat. Er fühlt ihre Brust. Er sagt großspurig ins Dunkle hinein (aber er ist ganz außer Atem): Du Milchflasche du. Du bist eine Milchflasche, weißt du das? Nein, sagt sie, das hab ich noch nie gewusst. Sie lachen beide. Er ist viel zu jung, denkt sie. Sie ist doch nur wie alle, denkt er. Er ist erschrocken vor ihrer nackten Haut. Er hält seine Hände ganz still. So ein Kind, denkt sie. So sind sie alle, denkt er, ja, alle sind sie so, alle. Er weiß nicht, was er mit seinen Händen tun soll auf ihrer Brust. Du frierst, glaub ich, sagt er, ich glaube, du frierst, wie? Mitten im Mai? lacht sie, mitten im Mai? Na ja, sagt er, immerhin, nachts. Aber im Mai, sagt sie, wir sind doch mitten im Mai. Man hört sogar den Kuckuck, sei mal still, hörst du, man hört sogar den Kuckuck, hör doch, atme doch nicht so laut, hör doch, hörst du, der Kuckuck. Immerzu. Eins zwei drei vier fünf – na? – da! – sechs sieben acht – hörst du? Da wieder – neun zehn elf – hör doch: Kuckuck Kuckuck Kuckuck Kuckuck – – – Bierflasche du, alte Bierflasche, sagt die Frau leise. Sie sagt es verächtlich und mütterlich und leise. Denn der Mann schläft.

Morgen wird es. Es wird schon grau draußen vor den Gardinen. Es wird wohl bald vier sein. Und der Kuckuck ist schon wieder dabei. Die Frau liegt wach. Oben geht schon jemand. Eine Brotmaschine bumst drei- vier- fünfmal. Eine Wasserleitung. Dann den Flur, die Tür, die Treppen: Schritte. Der von oben muss um halb sechs auf der Werft sein. Halb fünf ist es wohl. Draußen ein Fahrrad. Hellgrau, beinah rosig schon. Hellgrau sickert langsam durch die Gardine vom Fenster her über den Tisch, die Stuhllehne, ein Stück Zimmerdecke, den Goldrahmen, Psyche, und eine Hand, die eine Faust macht. Morgens halb fünf im Hellgrau vor Tag noch macht einer im Schlaf eine Faust. Hellgrau sickert vom Fenster her durch die Gardine auf ein Gesicht, auf ein Stück Stirn, auf ein Ohr. Die Frau ist wach. Vielleicht schon lange. Sie bewegt sich nicht. Aber der Mann mit der Faust im Schlaf hat einen schweren Kopf. Der fiel gestern Abend auf ihre Brust. Halb fünf ist es jetzt. Und der Mann liegt noch wie gestern Abend. Ein magerer langer junger Mann mit einer Faust und einem schweren Kopf. Als die Frau seinen Kopf vorsichtig von sich wegrücken will, fasst sie in sein Gesicht. Es ist nass. Was hat der für ein Gesicht, denkt die hellgraue Frau morgens vor Tag, die einen Mann auf sich liegen hat, der die ganze Nacht schlief, mit einer Faust, und jetzt ist sein Gesicht nass. Und was ist das für ein Gesicht jetzt im Hellgrau. Ein nasses langes armes wildes Gesicht. Ein sanftes Gesicht, einsam grau, schlecht und gut. Ein Gesicht. Die Frau zieht ihre Schulter langsam unter dem Kopf weg, bis er auf das Kissen sackt. Da sieht sie den Mund. Der Mund sieht sie an. Was ist das für ein Mund. Und der Mund sieht sie an. Sieht sie an, dass ihr die Augen verschwimmen.

Es ist das übliche, sagt der Mund, es ist gar nichts besonderes, es ist nur das übliche. Du brauchst gar nicht so überlegen zu lächeln, so verächtlich mütterlich, hör auf damit, sag ich dir, hör damit auf, du, sonst – du, ich sag dir, ich hab alles gelernt, hör damit auf. Ich weiß, ich hätte über dich herfallen sollen gestern Abend, dir die weißen Schultern zerbeißen und das weiche Fleisch hoch über den Knien, ich hätte dich fertigmachen sollen, bis du in der Ecke gelegen hättest und dann hättest du noch vor Schmerz gestöhnt: Mehr, Schätzchen, mehr. So dachtest du dir das doch. Oh, der ist noch jung, dachtest du gestern Abend in deinem Fenster, der ist noch nicht so verbraucht wie die feigen alten Familienväter, die hier abends für eine Viertelstunde Don Juan markieren. Oh, dachtest du, da ist mal so ein junges Gemüse, der wirft dich mal so restlos um. Und dann kam ich rein. Du rochst nach Tier, aber ich war müde, weißt du, ich wollte nur erst mal ne Stunde die Beine lang machen. Du hättest deinen Unterrock anbehalten können. Die Nacht ist um. Du grinst, weil du dich schämst. Du verachtest mich. Du denkst wohl, ich wär noch kein Mann. Natürlich denkst du das, denn du machst nun ganz auf mütterlich. Du denkst, ich bin noch ein Junge. Du hast Mitleid mit mir, verächtliches mütterliches Mitleid, weil ich nicht über dich hergefallen bin. Aber ich bin ein Mann, verstehst du, ich bin schon lange ein Mann. Ich war nur müde gestern Abend, sonst hätte ich dirs schon gezeigt, das kann ich dir sagen, denn ich bin schon lange ein Mann, sagt der Mund, verstehst du, längst schon. Denn ich hab schon Wodka getrunken, meine Liebe, richtigen russischen Wodka, 98prozentigen, meine Liebe, und ich habe Scheiße geschrien, weißt du, ein Gewehr hab ich gehabt und Scheiße hab ich geschrien und geschossen hab ich und ganz allein auf Horchposten gestanden und der Kompaniechef hat Du zu mir gesagt und Feldwebel Brand hat mit mir immer die Zigaretten getauscht, weil er so gern Kunsthonig wollte und dann hatte ich seine Zigaretten noch dazu, wenn du glaubst, ich wär noch ein Junge! Ich war schon, am Abend bevor es nach Russland ging, bei einer Frau, längst schon, meine Liebe, bei einer Frau und über ne Stunde lang und heiser war die und teuer und ne richtige Frau war das, eine Erwachsene, meine Liebe, die hat nicht bei mir auf mütterlich gemacht, die hat mein Geld weggesteckt und hat gesagt: Na, wann gehts los, Schätzchen, gehts nach Russland? Willst noch mal mit der deutschen Frau, gelt, Schätzchen? Schätzchen hat sie zu mir gesagt und hat mir den Kragen von der Uniform aufgeknöpft. Aber dann hat sie sich die ganze Zeit die Fransen von der Tischdecke um die Finger gewickelt und hat an die Wand gesehn. Hin und wieder hat sie Schätzchen gesagt, aber nachher ist sie sofort aufgestanden und hat sich gewaschen und an der Tür unten hat sie dann Tschüs gesagt. Das war alles. Im Nebenhaus sangen sie die Rosamunde und aus den andern Fenstern hingen auch überall welche raus und alle sagten sie Schätzchen. Alle sagten sie Schätzchen. Das war der Abschied von Deutschland. Aber das Schlimmste kam am anderen Morgen auf dem Bahnhof.

Die Frau macht die Augen zu. Denn der Mund, der wächst. Denn der Mund wird groß und grausam und groß.

Es war das übliche, sagt der riesige Mund, es war gar nichts besonderes. Es war nur das übliche. Ein Blei-Morgen. Eine Blei-Eisenbahn. Und Blei-Soldaten. Die Soldaten waren wir. Es war gar nichts besonderes. Nur das übliche. Ein Bahnhof. Ein Güterzug. Und Gesichter. Das war alles.

Als wir dann in den Güterzug kletterten, sie stanken nach Vieh, die Waggons, die blutroten, da wurden unsere Väter laut und lustig mit ihren Blei-Gesichtern und sie haben verzweifelt ihre Hüte geschwenkt. Und unsere Mütter verwischten mit buntfarbigen Tüchern ihre maßlose Trauer: Verlier auch nicht die neuen Strümpfe, Karlheinz. Und Bräute waren da, denen taten noch die Münder weh von dem Abschied und die Brüste und die – – alles tat ihnen weh, und das Herz und die Lippen brannten noch und der Brand der Abschiedsnacht war noch nicht oh noch lange nicht erloschen im Blei. Wir aber sangen so wunder-wunderschön in Gottes weite Welt hinaus und grinsten und grölten, dass unsern Müttern die Herzen erfroren. Und dann wurde der Bahnhof – der wollte keine Knechte – dann wurden die Mütter – Säbel, Schwert und Spieß – die Mütter und Bräute immer winziger und Vaters Hut – dass er bestände bis aufs Blut – Vaters Hut machte noch lange: Machs gut, Karlheinz – bis in den Tod – machs gut, mein Junge – die Feeeheeede. Und unser Kompaniechef saß vorn im Waggon und schrieb auf den Meldeblock: Abfahrt: 6 Uhr 23. Auf dem Küchenwagen schälten die Rekruten mit männlichen Gesichtern Kartoffeln. In einem Büro in der Bismarckstraße sagte Herr Dr. Sommer, Rechtsanwalt und Notar, diesen Morgen: Mein Füller ist kaputt. Es wird hohe Zeit, dass der Krieg zu Ende geht. Draußen vor der Stadt juchte eine Lokomotive. In den Waggons aber, in den dunklen Waggons, hatte man noch den Geruch von den brennenden Bräuten für sich, ganz im Dunkel für sich, aber keiner riskierte im Öllicht eine Träne. Keiner von uns. Wir sangen den trostlosen Männergesang von Madagaskar und die blutroten Waggons stanken nach Vieh, denn wir hatten

Menschen an Bord. Ahoi, Kameraden, und keiner riskierte eine Träne, ahoi, kleines Mädel, täglich ging einer über Bord, und in den Kratern, da faulte die warmrote Himbeerlimonade, die einmalige Limonade, für die es keinen Ersatz gibt und die keiner bezahlen kann, nein, keiner. Und wenn uns die Angst den Schlamm schlucken ließ und uns hinwarf in den zerwühlten Schoß der mütterlichen Erde, dann fluchten wir in den Himmel, in den taubstummen Himmel: Und führe uns niemals in Fahnenflucht und vergib uns unsere MGs, vergib uns, aber keiner keiner war da, der uns vergab, es war keiner da. Und was dann kam, dafür gibts keine Vokabel, davor ist alles Geschwätz, denn wer weiß ein Versmaß für das blecherne Gemecker der Maschinengewehre und wer weiß einen Reim auf den Aufschrei eines achtzehnjährigen Mannes, der mit seinen Gedärmen in den Händen zwischen den Linien verwimmerte, wer denn, ach keiner!!!

Als wir an dem bleiernen Morgen den Bahnhof verließen und die winkenden Mütter winzig und winziger wurden, da haben wir großartig gesungen, denn der Krieg, der kam uns gerade recht. Und dann kam er. Dann war er da. Und vor ihm war alles Geschwätz. Keine Vokabel hielt ihm stand, dem brüllenden seuchigen kraftstrotzenden Tier, keine Vokabel. Was heißt denn la guerre oder the war oder Krieg? Armseliges Geschwätz, vor dem Tiergebrüll seiner glühenden Münder, der Kanonenmünder. Und Verrat vor den glühenden Mündern der verratenen Helden. An das Metall, an den Phosphor, an den Hunger und Eissturm und Wüstensand erbärmlich verraten. Und nun sagen wir wieder the war und la guerre und der Krieg und kein Schauer ergreift uns, kein Schrei und kein Grausen. Heute sagen wir einfach wieder: C'etait la guerre – das war der Krieg. Mehr sagen wir heute nicht mehr, denn uns fehlen die Vokabeln, um nur eine Sekunde von ihm wiederzugeben, nur für eine Sekunde, und wir sagen einfach wieder: Oh ja, so war es. Denn alles andere ist nur Geschwätz, denn es gibt keine Vokabel, keinen Reim und kein Versmaß für ihn und keine Ode und kein Drama und keinen psychologischen Roman, die ihn ertragen, die nicht platzen vor seinem zinnoberroten Gebrüll. Und als wir die Anker lichteten, die Kaimauern knirschten vor Lust, um das Land, das dunkle Land Krieg anzusteuern, da haben wir tapfer gesungen, wir Männer, oh so bereit waren wir und so haben wir gesungen, wir in den Viehwagen. Und auf den marschmusikenen Bahnhöfen jubelten sie uns in das dunkle dunkle Land Krieg. Und dann kam er. Dann war er da. Und dann, eh wir ihn begriffen, dann war er aus. Dazwischen liegt unser Leben. Und das sind zehntausend Jahre. Und jetzt ist er aus und wir werden auf den fauligen Planken der verlorenen Schiffe nachts heimlich verächtlich an die Küste von Land Frieden, dem unverständlichen Land, gespien. Und keiner keiner kann uns noch erkennen, uns zwanzigjährige Greise, so hat uns das Gebrüll verwüstet. Kennt uns noch jemand? Wo sind die, die uns jetzt noch kennen? Wo sind sie? Die Väter verstecken sich tief in ihr Gesicht und die Mütter, die siebentausendfünfhundertvierundachtzigmal ermordeten Mütter, ersticken an ihrer Hilflosigkeit vor der Qual unserer entfremdeten Herzen. Und die Bräute, die Bräute schnuppern erschreckt den Katastrophengeruch, der wie Angstschweiß aus unserer Haut bricht, nachts, in ihren Armen, und sie wittern den einsamen Metallgeschmack aus unsern verzweifelten Küssen und sie atmen erstarrt den marzipansüßen Blutdunst erschlagener Brüder aus unserm Haar und sie begreifen unsere bittere Zärtlichkeit nicht. Denn wir vergewaltigen in ihnen all unsere Not, denn wir morden sie jedwede Nacht, bis uns eine erlöst. Eine. Erlöst. Aber keiner erkennt uns.

Und jetzt sind wir unterwegs zwischen den Dörfern. Ein Pumpengequietsch ist schon ein Fetzen Heimat. Und ein heiserer Hofhund. Und eine Magd, die Guten Tag sagt. Und der Geruch von Himbeersaft aus einem Haus. (Unser Kompaniechef hatte plötzlich das ganze Gesicht voll Himbeersaft. Aus dem Mund kam der. Und darüber hat er sich so gewundert, dass seine Augen wie Fischaugen wurden: maßlos erstaunt und blöde. Unser Kompaniechef hat sich sehr über den Tod gewundert. Er konnte ihn gar nicht verstehn.) Aber der Himbeersaftduft in den Dörfern, das ist für uns schon ein Fetzen Zuhaus. Und die Magd mit den roten Armen. Und der heisere Hund. Ein Fetzen, ein kostbarer unersetzlicher Fetzen.

Und in den Städten sind wir nun. Hässlich, gierig, verloren. Und Fenster sind für uns selten, seltsam und selten. Aber sie sind doch, abends im Dunkeln, mit schlafwarmen Frauen, ein einmaliger himmlischer Fetzen für uns, oh so selten. Und wir sind unterwegs nach der ungebauten neuen Stadt, in der uns alle Fenster gehören, und alle Frauen, und alles und alles und alles: Wir sind unterwegs nach unserer Stadt, nach der neuen Stadt, und unsere Herzen schreien nachts wie Lokomotiven vor Gier und vor Heimweh – wie Lokomotiven. Und alle Lokomotiven fahren nach der neuen Stadt. Und die neue Stadt, das ist die Stadt, in der die weisen Männer, die Lehrer und die Minister, nicht lügen, in der die Dichter sich von nichts anderem verführen lassen, als von der Vernunft ihres Herzens, das ist die Stadt, in der die Mütter nicht sterben und die Mädchen keine Syphilis haben, die Stadt, in der es keine Werkstätten für Prothesen und keine Rollstühle gibt, das ist die Stadt, in der der Regen Regen genannt wird und die Sonne Sonne, die Stadt, in der es keine Keller gibt, in denen blassgesichtige Kinder nachts von Ratten angefressen werden, und in der es keine Dachböden gibt, in denen sich die Väter erhängen, weil die Frauen kein Brot auf den Tisch stellen können, das ist die Stadt, in der die Jünglinge nicht blind und nicht einarmig sind und in der es keine Generäle gibt, das ist die neue, die großartige Stadt, in der sich alle hören und sehn und in der alle verstehn: mon cœur, the night, your heart, the day, der Tag, die Nacht, das Herz.

Und nach der neuen Stadt, nach der Stadt aller Städte, sind wir voll Hunger unterwegs durch unsere einsamen Maikuckucksnächte, und wenn wir am Morgen erwachen und wissen, wir werden es furchtbar wissen, dass es die neue Stadt niemals gibt, oh dass es die Stadt gar nicht gibt, dann werden wir wieder zehntausend Jahre älter sein und unser Morgen wird kalt und bitter sein, einsam, oh einsam, und nur die sehnsüchtigen Lokomotiven, die bleiben, die schluchzen weiter ihren fernsüchtigen Heimwehschrei in unseren qualvollen Schlaf, gierig, grausam, groß und erregt. Sie schrein weiter nachts vor Schmerz auf ihren einsamen kalten Geleisen. Aber sie fahrn nie mehr nach Russland, nein, sie fahrn nie mehr nach Russland, denn keine Lokomotive fährt mehr nach Russland keine Lokomotive fährt mehr nach Russland keine Lokomotive fährt mehr nach Russla nach Russla keine denn keine Lokomotive fährt mehr nach nach denn keine denn keine Lokomo keine Lokomo keine Lokomo kei – –

Im Hafen, vom Hafen her, uuht schon ein frühes Schiff. Eine Barkasse schreit schon erregt. Und ein Auto. Nebenan singt ein Mann beim Waschen: Komm, wir machen eine kleine Reise. Im anderen Zimmer fragt ein Kind schon. Warum uuht der Dampfer, warum schreit die Barkasse, warum das Auto, warum singt der Mann nebenan, und wonach wonach fragt das Kind?

Der Mann, der gestern Abend mit dem Brot kam, der mit der Bierflaschenjacke, der grünen gefärbten, der in der Nacht eine Faust und ein nasses Gesicht hatte, der Mann macht die Augen auf. Die Frau sieht von seinem Mund weg. Und der Mund ist so arm und so klein und so voll bitterem Mut. Sie sehen sich an, ein Tier das andere, ein Gott den anderen, eine Welt die andere Welt. (Und dafür gibt es keine Vokabel.) Groß, gut, fremd, unendlich und warm und erstaunt sehn sie sich an, von jeher verwandt und verfeindet und unlöslich aneinander verloren.

Der Schluss ist dann so wie alle wirklichen Schlüsse im Leben: banal, wortlos, überwältigend. Die Tür ist da. Er steht schon draußen und riskiert den ersten Schritt noch nicht (Denn der erste Schritt heißt: wiederum verloren.) Sie steht noch drinnen und kann die Tür noch nicht zuschlagen. (Denn jede zugeschlagene Tür heißt: wiederum verloren.) Aber dann ist er plötzlich schon mehrere Schritte weit ab. Und es ist gut, dass er nichts mehr gesagt hat. Denn was, was hätte sie antworten sollen? Und dann ist er im Frühdunst (der vom Hafen aufkommt und nach Fisch und nach Teer riecht), im Frühdunst verschwunden. Und es ist so gut, dass er sich nicht mal mehr umgedreht hat. Das ist so gut. Denn was hätte sie tun sollen? Winken? Etwa winken?

Die lange lange Strasse lang

Links zwei drei vier links zwei drei vier links zwei weiter, Fischer! drei vier links zwei vorwärts, Fischer! schneidig, Fischer! drei vier atme, Fischer! weiter, Fischer, immer weiter zickezacke zwei drei vier schneidig ist die Infantrie zickezackejuppheidi schneidig ist die Infantrie die Infantrie – – – –

Ich bin unterwegs. Zweimal hab ich schon gelegen. Ich will zur Straßenbahn. Ich muss mit. Zweimal hab ich schon gelegen. Ich hab Hunger. Aber mit muss ich. Muss. Ich muss zur Straßenbahn. Ich muss mit. Zweimal hab ich schon drei vier links zwei drei vier aber mit muss ich drei vier zickezacke zacke drei vier juppheidi ist die Infantrie die Infantrie Infantrie fantrie fantrie – – – 57 haben sie bei Woronesch begraben. 57, die hatten keine Ahnung, vorher nicht und nachher nicht. Vorher haben sie noch gesungen. Zickezackejuppheidi. Und einer hat nach Hause geschrieben: – – – dann kaufen wir uns ein Grammophon. Aber dann haben viertausend Meter weiter ab die Andern auf Befehl auf einen Knopf gedrückt. Da hat es gerumpelt wie ein alter Lastwagen mit leeren Tonnen über Kopfsteinpflaster: Kanonenorgel. Dann haben sie 57 bei Woronesch begraben. Vorher haben sie noch gesungen. Hinterher haben sie nichts mehr gesagt. 9 Autoschlosser, 2 Gärtner, 5 Beamte, 6 Verkäufer, 1 Friseur, 17 Bauern, 2 Lehrer, 1 Pastor, 6 Arbeiter, 1 Musiker, 7 Schuljungen. 7 Schuljungen. Die haben sie bei Woronesch begraben. Sie hatten keine Ahnung. 57.

Und mich haben sie vergessen. Ich war noch nicht ganz tot. Juppheidi. Ich war noch ein bisschen lebendig. Aber die andern, die haben sie bei Woronesch begraben. 57. 57. Mach noch ne Null dran. 570. Noch ne Null und noch ne Null. 57+000. Und noch und noch und noch. 57+000+000. Die haben sie bei Woronesch begraben. Sie hatten keine Ahnung. Sie wollten nicht. Das hatten sie gar nicht gewollt. Und vorher haben sie noch gesungen. Juppheidi. Nachher haben sie nichts mehr gesagt. Und der eine hat das Grammophon nicht gekauft. Sie haben ihn bei Woronesch und die andern 56 auch begraben. 57 Stück. Nur ich. Ich, ich war noch nicht ganz tot. Ich muss zur Straßenbahn. Die Straße ist grau. Aber die Straßenbahn ist gelb. Ganz wunderhübsch gelb. Da muss ich mit. Nur dass die Straße so grau ist. So grau und so grau. Zweimal hab ich schon zickezacke vorwärts, Fischer! drei vier links zwei links zwei gelegen drei vier weiter, Fischer! Zickezacke juppheidi schneidig ist die Infantrie schneidig, Fischer! weiter, Fischer! links zwei drei vier wenn nur der Hunger der elende Hunger immer der elende links zwei drei vier links zwei links zwei links zwei – – –

Wenn bloß die Nächte nicht wärn. Wenn bloß die Nächte nicht wärn. Jedes Geräusch ist ein Tier. Jeder Schatten ist ein schwarzer Mann. Nie wird man die Angst vor den schwarzen Männern los. Auf dem Kopfkissen grummeln die ganze Nacht die Kanonen: Der Puls. Du hättest mich nie allein lassen sollen, Mutter. Jetzt finden wir uns nicht wieder. Nie wieder. Nie hättest du das tun sollen. Du hast doch die Nächte gekannt. Du hast doch gewusst von den Nächten. Aber du hast mich von dir geschrien. Aus dir heraus und in diese Welt mit den Nächten hineingeschrien. Und seitdem ist jedes Geräusch ein Tier in der Nacht. Und in den blaudunklen Ecken warten die schwarzen Männer. Mutter Mutter! in allen Ecken stehn die schwarzen Männer. Und jedes Geräusch ist ein Tier. Jedes Geräusch ist ein Tier. Und das Kopfkissen ist so heiß. Die ganze Nacht grummeln die Kanonen darauf. Und dann haben sie 57 bei Woronesch begraben. Und die Uhr schlurft wie ein altes Weib auf Latschen davon davon davon. Sie schlurft und schlurft und schlurft und keiner keiner hält sie auf. Und die Wände kommen immer näher. Und die Decke kommt immer tiefer. Und der Boden der Boden der wankt von der Welle Welt. Mutter Mutter! warum hast du mich allein gelassen, warum? Wankt von der Welle. Wankt von der Welt. 57. Rums. Und ich will zur Straßenbahn. Die Kanonen haben gegrummelt. Der Boden wankt. Rums. 57. Und ich bin noch ein bisschen lebendig. Und ich will zur Straßenbahn. Die ist gelb in der grauen Straße. Wunderhübsch gelb in der grauen. Aber ich komm ja nicht hin. Zweimal hab ich schon gelegen. Denn ich hab Hunger. Und davon wankt der Boden. Wankt so wunderhübsch gelb von der

Welle Welt. Wankt von der Hungerwelt. Wankt so welthungrig und straßenbahngelb.

Eben hat einer zu mir gesagt: Guten Tag, Herr Fischer. Bin ich Herr Fischer? Kann ich Herr Fischer sein, einfach wieder Herr Fischer? Ich war doch Leutnant Fischer. Kann ich denn wieder Herr Fischer sein? Bin ich Herr Fischer? Guten Tag, hat der gesagt. Aber der weiß nicht, dass ich Leutnant Fischer war. Einen guten Tag hat er gewünscht – für Leutnant Fischer gibt es keine guten Tage mehr. Das hat er nicht gewusst.

Und Herr Fischer geht die Straße lang. Die lange Straße lang. Die ist grau. Er will zur Straßenbahn. Die ist gelb. So wunderhübsch gelb. Links zwei, Herr Fischer. Links zwei drei vier. Herr Fischer hat Hunger. Er hält nicht mehr Schritt. Er will doch noch mit, denn die Straßenbahn ist so wunderhübsch gelb in dem Grau. Zweimal hat Herr Fischer schon gelegen. Aber Leutnant Fischer kommandiert: Links zwei drei vier vorwärts, Herr Fischer! Weiter, Herr Fischer! Schneidig, Herr Fischer, kommandiert Leutnant Fischer. Und Herr Fischer marschiert die graue Straße lang, die graue graue lange Straße lang. Die Mülleimerallee. Das Aschkastenspalier. Das Rinnsteinglacis. Die Champs-Ruinés. Den Muttschuttschlaginduttbroadway. Die Trümmerparade. Und Leutnant Fischer kommandiert. Links zwei links zwei. Und Herr Fischer Herr Fischer marschiert, links zwei links zwei links zwei links vorbei vorbei vorbei – – – –

Das kleine Mädchen hat Beine, die sind wie Finger so dünn. Wie Finger im Winter. So dünn und so rot und so blau und so dünn. Links zwei drei vier machen die Beine. Das kleine Mädchen sagt immerzu und Herr Fischer marschiert nebenan das sagt immerzu: Lieber Gott, gib mir Suppe. Lieber Gott, gib mir Suppe. Ein Löffelchen nur. Ein Löffelchen nur. Ein Löffelchen nur. Die Mutter hat

Haare, die sind schon tot. Lange schon tot. Die Mutter sagt: Der liebe Gott kann dir keine Suppe geben, er kann es doch nicht. Warum kann der liebe Gott mir keine Suppe geben? Er hat doch keinen Löffel. Den hat er nicht. Das kleine Mädchen geht auf seinen Fingerbeinen, den dünnen blauen Winterbeinen, neben der Mutter. Herr Fischer geht nebenan. Von der Mutter sind die Haare schon tot. Sie sind schon ganz fremd um den Kopf. Und das kleine Mädchen tanzt rundherum um die Mutter herum um Herrn Fischer herum rundherum: Er hat ja keinen Löffel. Er hat ja keinen Löffel. Er hat ja keinen nicht mal einen hat ja keinen Löffel. So tanzt das kleine Mädchen rundherum. Und Herr Fischer marschiert hinteran. Wankt nebenan auf der Welle Welt. Wankt von der Welle Welt. Aber Leutnant Fischer kommandiert: Links zwei juppvorbei schneidig, Herr Fischer, links zwei und das kleine Mädchen singt dabei: Er hat ja keinen Löffel. Er hat ja keinen Löffel. Und zweimal hat Herr Fischer schon gelegen. Vor Hunger gelegen. Er hat ja keinen Löffel. Und der andere kommandiert: Juppheidi juppheidi die Infantrie die Infantrie die Infantrie – – – –

57 haben sie bei Woronesch begraben. Ich bin Leutnant Fischer. Mich haben sie vergessen. Ich war noch nicht ganz tot. Zweimal hab ich schon gelegen. Jetzt bin ich Herr Fischer. Ich bin 25 Jahre alt. 25 mal 57. Und die haben sie bei Woronesch begraben. Nur ich, ich, ich bin noch unterwegs. Ich muss die Straßenbahn noch kriegen. Hunger hab ich. Aber der liebe Gott hat keinen Löffel. Er hat ja keinen Löffel. Ich bin 25 mal 57. Mein Vater hat mich verraten und meine Mutter hat mich ausgestoßen aus sich. Sie hat mich allein geschrien. So furchtbar allein. So allein. Jetzt gehe ich die lange Straße lang. Die wankt von der Welle der Welt. Aber immer spielt einer Klavier. Immer spielt einer Klavier. Als mein Vater meine Mutter sah – spielte einer Klavier. Als ich Geburtstag hatte – spielte einer Klavier. Bei der Hel-

dengedenkfeier in der Schule – spielte einer Klavier. Als wir dann selbst Helden werden durften, als es den Krieg gab – spielte einer Klavier. Im Lazarett – spielte dann einer Klavier. Als der Krieg aus war – spielte immer noch einer Klavier. Immer spielt einer. Immer spielt einer Klavier. Die ganze lange Straße lang.

Die Lokomotive tutet. Timm sagt, sie weint. Wenn man hochkuckt, zittern die Sterne. Immerzu tutet die Lokomotive. Aber Timm sagt, sie weint. Immerzu. Die ganze Nacht. Die ganze lange Nacht nun schon. Sie weint, das tut einem im Magen weh, wenn sie so weint, sagt Timm. Sie weint wie Kinder, sagt er. Wir haben einen Wagen mit Holz. Das riecht wie Wald. Unser Wagen hat kein Dach. Die Sterne zittern, wenn man hochkuckt. Da tutet sie wieder. Hörst du? sagt Timm, sie weint wieder. Ich versteh nicht, warum die Lokomotive weint. Timm sagt es. Wie Kinder, sagt er. Timm sagt, ich hätte den Alten nicht vom Wagen schubsen sollen. Ich hab den Alten nicht vom Wagen geschubst. Du hättest es nicht tun sollen, sagt Timm. Ich habe es nicht getan. Sie weint, hörst du, wie sie weint, sagt Timm, du hättest es nicht tun sollen. Ich hab den Alten nicht vom Wagen geschubst. Sie weint nicht. Sie tutet. Lokomotiven tuten. Sie weint, sagt Timm. Er ist von selbst vom Wagen gefallen. Ganz von selbst, der Alte. Er hat gepennt, Timm, gepennt hat er, sag ich dir. Da ist er von selbst vom Wagen gefallen. Du hättest es nicht tun sollen. Sie weint. Die ganze Nacht nun schon. Timm sagt, man soll keine alten Männer vom Wagen schubsen. Ich hab es nicht getan. Er hat gepennt. Du hättest es nicht tun sollen, sagt Timm. Timm sagt, er hat in Russland mal einen Alten in den Hintern getreten. Weil er so langsam war. Und er nahm immer so wenig auf einmal. Sie waren beim Munitionsschleppen. Da hat Timm den Alten in den Hintern getreten. Da hat der Alte sich umgedreht. Ganz langsam, sagt Timm, und er hat ihn ganz traurig angekuckt. Gar nichts weiter. Aber er hat ein Gesicht gehabt wie sein Vater. Genau wie sein Vater. Das sagt Timm. Die Lokomotive tutet. Manchmal hört es sich an, als ob sie schreit. Timm meint sogar, sie weint. Vielleicht hat Timm recht. Aber ich hab den Alten nicht vom Wagen geschubst. Er hat gepennt. Da ist er von selbst. Es rüttelt ja ziemlich auf den Schienen. Wenn man hochkuckt, zittern die Sterne. Der Wagen wankt von der Welle Welt. Sie tutet. Schrein tut sie. Schrein, dass die Sterne zittern. Von der Welle Welt.

Aber ich bin noch unterwegs. Zwei drei vier. Zur Straßenbahn. Zweimal hab ich schon gelegen. Der Boden wankt von der Welle Welt. Wegen dem Hunger. Aber ich bin unterwegs. Ich bin schon so lange so lange unterwegs. Die lange Straße lang. Die Straße.

Der kleine Junge hält die Hände auf. Ich soll die Nägel holen. Der Schmied zählt die Nägel. Drei Mann? fragt er.

Vati sagt, für drei Mann.

Die Nägel fallen in die Hände. Der Schmied hat dicke breite Finger. Der kleine Junge ganz dünne, die sich biegen von den großen Nägeln.

Ist der, der sagt, er ist Gottes Sohn, auch dabei?

Der kleine Junge nickt.

Sagt er immer noch, dass er Gottes Sohn ist?

Der kleine Junge nickt. Der Schmied nimmt die Nägel noch mal. Dann lässt er sie wieder in die Hände fallen. Die kleinen Hände biegen sich davon. Dann sagt der Schmied: Na ja.

Der kleine Junge geht weg. Die Nägel sind schön blank. Der kleine Junge läuft. Da machen die Nägel ein Geräusch. Der Schmied nimmt den Hammer. Na ja, sagt der Schmied. Dann hört der kleine Junge hinter sich: Pink Pank Pink Pank. Er schlägt wieder, denkt der kleine Junge. Nägel macht er, viele blanke Nägel.

57 haben sie bei Woronesch begraben. Ich bin über. Aber ich hab Hunger. Mein Reich ist von dieser dieser Welt. Und der Schmied hat die Nägel umsonst gemacht, juppheidi, umsonst gemacht, die Infantrie, umsonst die schönen blanken Nägel. Denn 57 haben sie bei Woronesch begraben. Pink Pank macht der Schmied. Pink Pank bei Woronesch. Pink Pank. 57 mal Pink Pank. Pink Pank macht der Schmied. Pink Pank macht die Infantrie. Pink Pank machen die Kanonen. Und das Klavier spielt immerzu Pink Pank Pink Pank Pink Pank – – – –

57 kommen jede Nacht nach Deutschland. 9 Autoschlosser, 2 Gärtner, 5 Beamte, 6 Verkäufer, 1 Friseur, 17 Bauern, 2 Lehrer, 1 Pastor, 6 Arbeiter, 1 Musiker, 7 Schuljungen. 57 kommen jede Nacht an mein Bett, 57 fragen jede Nacht:

Wo ist deine Kompanie? Bei Woronesch, sag ich dann. Begraben, sag ich dann. Bei Woronesch begraben. 57 fragen Mann für Mann: Warum? Und 57mal bleib ich stumm.

57 gehen nachts zu ihrem Vater. 57 und Leutnant Fischer. Leutnant Fischer bin ich. 57 fragen nachts ihren Vater: Vater, warum? und der Vater bleibt 57mal stumm. Und er friert in seinem Hemd. Aber er kommt mit.

57 gehen nachts zum Ortsvorsteher. 57 und der Vater und ich. 57 fragen nachts den Ortsvorsteher: Ortsvorsteher, warum? Und der Ortsvorsteher bleibt 57mal stumm. Und er friert in seinem Hemd. Aber er kommt mit.

57 gehen nachts zum Pfarrer. 57 und der Vater und der Ortsvorsteher und ich. 57 fragen nachts den Pfarrer: Pfarrer, warum? Und der Pfarrer bleibt 57mal stumm. Und er friert in seinem Hemd. Aber er kommt mit.

57 gehen nachts zum Schulmeister. 57 und der Vater und der Ortsvorsteher und der Pfarrer und ich. 57 fragen nachts den Schulmeister: Schulmeister, warum? Und der Schulmeister bleibt 57mal stumm. Und er friert in seinem Hemd. Aber er kommt mit.

57 gehen nachts zum General. 57 und der Vater und der Ortsvorsteher und der Pfarrer und der Schulmeister und ich. 57 fragen nachts den General: General, warum? Und der General – der General dreht sich nicht einmal rum. Da bringt der Vater ihn um. Und der Pfarrer? Der Pfarrer bleibt stumm.

57 gehen nachts zum Minister. 57 und der Vater und der Ortsvorsteher und der Pfarrer und der Schulmeister und ich. 57 fragen nachts den Minister: Minister, warum? Da hat der Minister sich sehr erschreckt. Er hatte sich so schön hinterm Sektkorb versteckt, hinterm Sekt. Und da hebt er sein Glas und prostet nach Süden und Norden und Westen und Osten. Und dann sagt er: Deutschland, Kameraden, Deutschland! Darum! Da sehen die 57 sich um. Stumm. So lange und stumm. Und sie sehen nach Süden und Norden und Westen und Osten. Und dann fragen sie leise: Deutschland? Darum? Dann drehen die 57 sich rum. Und sehen sich niemals mehr um. 57 legen sich bei Woronesch wieder ins Grab. Sie haben alte arme Gesichter. Wie Frauen. Wie Mütter. Und sie sagen die Ewigkeit durch: Darum? Darum? Darum? 57 haben sie bei Woronesch begraben. Ich bin über. Ich bin Leutnant Fischer. Ich bin 25. Ich will noch zur Straßenbahn. Ich will mit. Ich bin schon lange lange unterwegs. Nur Hunger hab ich. Aber ich muss. 57 fragen: Warum? Und ich bin über. Und ich bin schon so lange die lange lange Straße unterwegs.

Unterwegs. Ein Mann. Herr Fischer. Ich bin es. Leutnant steht drüben und kommandiert: Links zwei drei vier links zwei drei vier zickezacke juppheidi zwei drei vier links zwei drei vier die Infantrie die Infantrie pink pank pink pank drei vier pink pank drei vier pink pank pink pank die lange Straße lang pink pank immer lang immer rum warum warum warum pink pank pink pank bei Woronesch darum bei Woronesch darum pink pank die lange lange Straße lang. Ein Mensch. 25. Ich. Die Straße. Die lange lange. Ich. Haus Haus Haus Wand Wand Milchgeschäft Vorgarten Kuhgeruch Haustür.

Zahnarzt

Sonnabends nur nach Vereinbarung

Wand Wand Wand

Hilde Bauer ist doof

Leutnant Fischer ist dumm. 57 fragen: warum. Wand Wand Tür Fenster Glas Glas Glas Laterne alte Frau rote rote Augen Bratkartoffelgeruch Haus Haus Klavierunterricht pink pank die ganze Straße lang die Nägel sind so blank Kanonen sind so lang pink pank die ganze Straße lang Kind Kind Hund Ball Auto Pflasterstein Pflasterstein Kopfsteinköpfe Köpfe pink pank Stein Stein grau grau violett Benzinfleck grau grau die lange lange Straße lang Stein Stein grau blau flau flau so grau Wand Wand grüne Emaille

Schlechte Augen schnell behoben

Optiker Terboben

Im 2. Stockwerk oben

Wand Wand Wand Stein Hund Hund hebt Bein Baum Seele Hundetraum Auto hupt noch Hund pupt doch Pflaster rot Hund tot Hund tot Hund tot Wand Wand Wand die lange Straße lang Fenster Wand Fenster Fenster Fenster Lampen Leute Licht Männer immer noch Männer blanke Gesichter wie Nägel so blank so wunderhübsch blank – – – –

Vor hundert Jahren spielten sie Skat. Vor hundert Jahren spielten sie schon. Und jetzt jetzt spielen sie noch. Und in hundert Jahren dann spielen sie auch immer noch. Immer noch Skat. Die drei Männer. Mit blanken biederen Gesichtern.

Passe.

Karl, sag mehr.

Ich passe auch.

Also dann – – ihr habt gemauert, meine Herren.

Du hättest ja auch passen können; dann hätten wir einen schönen Ramsch gehabt.

Man los. Man los. Wie heißt er?

Das Kreuz ist heilig. Wer spielt aus?

Immer der fragt.

Einmal hat es die Mutter erlaubt. Und noch mal Trumpf!

Was, Karl, du hast kein Kreuz mehr?

Diesmal nicht.

Na, dann wollen wir mal auf die Dörfer gehen. Ein Herz hat jeder.

Trumpf! Nun wimmel, Karl, was du bei der Seele hast. Achtundzwanzig.

Und noch einmal Trumpf!

Vor hundert Jahren spielten sie schon. Spielten sie Skat. Und in hundert Jahren, dann spielen sie noch. Spielen sie immer noch Skat mit blanken biederen Gesichtern. Und wenn sie ihre Fäuste auf den Tisch donnern lassen, dann donnert es. Wie Kanonen. Wie 57 Kanonen.

Aber ein Fenster weiter sitzt eine Mutter. Die hat drei Bilder vor sich. Drei Männer in Uniform. Links steht ihr Mann. Rechts steht ihr Sohn. Und in der Mitte steht der General. Der General von ihrem Mann und ihrem Sohn. Und wenn die Mutter abends zu Bett geht, dann stellt sie die Bilder, dass sie sie sieht, wenn sie liegt. Den Sohn. Und den Mann. Und in der Mitte den General. Und dann liest sie die Briefe, die der General schrieb. 1917. Für Deutschland. – steht auf dem einen. 1940. Für Deutschland. – steht auf dem anderen. Mehr liest die Mutter nicht. Ihre Augen sind ganz rot. Sind so rot.

Aber ich bin über. Juppheidi. Für Deutschland. Ich bin noch unterwegs. Zur Straßenbahn. Zweimal hab ich schon gelegen. Wegen dem Hunger. Juppheidi. Aber ich muss hin. Der Leutnant kommandiert. Ich bin schon unterwegs. Schon lange lange unterwegs.

Da steht ein Mann in einer dunklen Ecke. Immer stehen Männer in den dunklen Ecken. Immer stehn dunkle Männer in den Ecken. Einer steht da und hält einen Kasten und einen Hut, Pyramidon! bellt der Mann. Pyramidon! 20 Tabletten genügen. Der Mann grinst, denn das Geschäft geht gut. Das Geschäft geht so gut. 57 Frauen, rotäugige Frauen, die kaufen Pyramidon. Mach eine Null dran. 570. Noch eine und noch eine. 57+000. Und noch und noch und noch. 57+000+000. Das Geschäft geht gut. Der Mann bellt: Pyramidon. Er grinst, der Laden floriert: 57 Frauen, rotäugige Frauen, die kaufen Pyramidon. Der Kasten wird leer. Und der Hut wird voll. Und der Mann grinst. Er kann gut grinsen. Er hat keine Augen. Er ist glücklich: Er hat keine Augen. Er sieht die Frauen nicht. Sieht die 57 Frauen nicht. Die 57 rotäugigen Frauen.

Nur ich bin über. Aber ich bin schon unterwegs. Und die Straße ist lang. So fürchterlich lang. Aber ich will zur Straßenbahn. Ich bin schon unterwegs. Schon lange lange unterwegs.

In einem Zimmer sitzt ein Mann. Der Mann schreibt mit Tinte auf weißem Papier. Und er sagt in das Zimmer hinein:
Auf dem Braun der Ackerkrume
weht hellgrün ein Gras.
Eine blaue Blume
ist vom Morgen nass.

Er schreibt es auf das weiße Papier. Er liest es ins leere Zimmer hinein. Er streicht es mit Tinte wieder durch. Er sagt in das Zimmer hinein:
Auf dem Braun der Ackerkrume
weht hellgrün ein Gras.
Eine blaue Blume
lindert allen Hass.

Der Mann schreibt es hin. Er liest es in das leere Zimmer hinein. Er streicht es wieder durch. Dann sagt er in das Zimmer hinein:

Auf dem Braun der Ackerkrume
weht hellgrün ein Gras.
Eine blaue Blume –
Eine blaue Blume –
Eine blaue –

Der Mann steht auf. Er geht um den Tisch herum. Immer um den Tisch herum. Er bleibt stehen:

Eine blaue –
Eine blaue –
Auf dem Braun der Ackerkrume –

Der Mann geht immer um den Tisch herum.

57 haben sie bei Woronesch begraben. Aber die Erde war grau. Und wie Stein. Und da weht kein hellgrünes Gras. Schnee war da. Und der war wie Glas. Und ohne blaue Blume. Millionenmal Schnee. Und keine blaue Blume. Aber der Mann in dem Zimmer weiß das nicht. Er weiß es nie. Er sieht immer die blaue Blume. Überall die blaue Blume. Und dabei haben sie 57 bei Woronesch begraben. Unter glasigem Schnee. Im grauen gräulichen Sand. Ohne Grün. Und ohne Blau. Der Sand war eisig und grau. Und der Schnee war wie Glas. Und der Schnee lindert keinen Hass. Denn 57 haben sie bei Woronesch begraben. 57 begraben. Bei Woronesch begraben.

Das ist noch gar nichts, das ist ja noch gar nichts! sagt der Obergefreite mit der Krücke. Und er legt die Krücke über seine Fußspitze und zielt. Er kneift das eine Auge klein und zielt mit der Krücke über die Fußspitze. Das ist noch gar nichts, sagt er. 86 Iwans haben wir die eine Nacht geschafft. 86 Iwans. Mit einem MG, mein Lieber, mit einem einzigen MG in einer Nacht. Am andern Morgen haben wir sie gezählt. Übereinander lagen sie. 86 Iwans.

Einige hatten das Maul noch offen. Viele auch die Augen. Ja, viele hatten die Augen noch offen. In einer Nacht, mein Lieber. Der Obergefreite zielt mit seiner Krücke auf die alte Frau, die ihm auf der Bank gegenübersitzt. Er zielt auf die eine alte Frau und er trifft 86 alte Frauen. Aber die wohnen in Russland. Davon weiß er nichts. Es ist gut, dass er das nicht weiß. Was sollte er sonst wohl machen? Jetzt, wo es Abend wird?

Nur ich weiß es. Ich bin Leutnant Fischer. 57 haben sie bei Woronesch begraben. Aber ich war nicht ganz tot. Ich bin noch unterwegs. Zweimal hab ich schon gelegen. Vom Hunger. Denn der liebe Gott hat ja keinen Löffel. Aber ich will auf jeden Fall zur Straßenbahn. Wenn nur die Straße nicht so voller Mütter wäre. 57 haben sie bei Woronesch begraben. Und der Obergefreite hat am anderen Morgen 86 Iwans gezählt. Und 86 Mütter schießt er mit seiner Krücke tot. Aber er weiß es nicht, das ist gut. Wo sollte er sonst wohl hin. Denn der liebe Gott hat ja keinen Löffel. Es ist gut, wenn die Dichter die blauen Blumen blühen lassen. Es ist gut, wenn immer einer Klavier spielt. Es ist gut, wenn sie Skat spielen. Immer spielen sie Skat. Wo sollten sie sonst wohl hin, die alte Frau mit den drei Bildern am Bett, der Obergefreite mit den Krücken und den 86 toten Iwans, die Mutter mit dem kleinen Mädchen, das Suppe haben will, und Timm, der den alten Mann getreten hat? Wo sollten sie sonst wohl hin?

Aber ich muss die lange lange Straße lang. Lang. Wand Wand Tür Laterne Wand Wand Fenster Wand Wand und buntes Papier buntes bedrucktes Papier.

Sind Sie schon versichert?
Sie machen sich und Ihrer Familie
eine Weihnachtsfreude
mit einer Eintrittserklärung in die
URANIA LEBENSVERSICHERUNG

57 haben ihr Leben nicht richtig versichert. Und die 86 toten Iwans auch nicht. Und sie haben ihren Familien keine Weihnachtsfreude gemacht. Rote Augen haben sie ihren Familien gemacht. Weiter nichts, rote Augen. Warum waren sie auch nicht auch nicht in der Urania Lebensversicherung? Und ich kann mich nun mit den roten Augen herumschlagen. Überall die roten rotgeweinten rotgeschluchzten Augen. Die Mutteraugen, die Frauenaugen. Überall die roten rotgeweinten Augen. Warum haben sich die 57 nicht versichern lassen? Nein, sie haben ihren Familien keine Weihnachtsfreude gemacht. Rote Augen. Nur rote Augen. Und dabei steht es doch auf tausend bunten Plakaten: Urania Lebensversicherung Urania Lebensversicherung – –

Evelyn steht in der Sonne und singt. Die Sonne ist bei Evelyn. Man sieht durch das Kleid die Beine und alles. Und Evelyn singt. Durch die Nase singt sie ein wenig und heiser singt sie bisschen. Sie hat heute Nacht zu lange im Regen gestanden. Und sie singt, dass mir heiß wird, wenn ich die Augen zumach. Und wenn ich sie aufmach, dann seh ich die Beine bis oben und alles. Und Evelyn singt, dass mir die Augen verschwimmen. Sie singt den süßen Weltuntergang. Die Nacht singt sie und Schnaps, den gefährlich kratzenden Schnaps voll wundem Weltgestöhn. Das Ende singt Evelyn, das Weltende, süß und zwischen nackten schmalen Mädchenbeinen: heiliger himmlischer heißer Weltuntergang. Ach, Evelyn singt wie nasses Gras, so schwer von Geruch und Wollust und so grün. So dunkelgrün, so grün wie leere Bierflaschen neben den Bänken, auf denen Evelyns Knie abends mondblass aus dem Kleid raussehen, dass mir heiß wird.

Sing, Evelyn, sing mich tot. Sing den süßen Weltuntergang, sing einen kratzenden Schnaps, sing einen grasgrünen Rausch. Und Evelyn drückt meine graskalte Hand zwischen die mondblassen Knie, dass mir heiß wird.

Und Evelyn singt. Komm lieber Mai und mache, singt Evelyn und hält meine graskalte Hand mit den Knien. Komm lieber Mai und mache die Gräber wieder grün. Das singt Evelyn. Komm lieber Mai und mache die Schlachtfelder bierflaschengrün und mache den Schutt, den riesigen Schuttacker grün wie mein Lied, wie mein schnapssüßes Untergangslied. Und Evelyn singt auf der Bank ein heiseres hektisches Lied, dass mir kalt wird. Komm lieber Mai und mache die Augen wieder blank, singt Evelyn und hält meine Hand mit den Knien. Sing, Evelyn, sing mich zurück unters bierflaschengrüne Gras, wo ich Sand war und Lehm war und Land war. Sing, Evelyn, sing und sing mich über die Schuttäcker und über die Schlachtfelder und über das Massengrab rüber in deinen süßen heißen mädchenheimlichen Mondrausch. Sing, Evelyn, sing, wenn die tausend Kompanien durch die Nächte marschieren, dann sing, wenn die tausend Kanonen die Äcker pflügen und düngen mit Blut. Sing, Evelyn, sing, wenn die Wände die Uhren und Bilder verlieren, dann sing mich in schapsgrünen Rausch und in deinen süßen Weltuntergang. Sing, Evelyn, sing mich in dein Mädchendasein hinein, in dein heimliches, nächtliches Mädchengefühl, das so süß ist, dass mir heiß wird, wieder heiß wird von Leben. Komm lieber Mai und mache das Gras wieder grün, so bierflaschengrün, so evelyngrün. Sing, Evelyn!

Aber das Mädchen, das singt nicht. Das Mädchen, das zählt, denn das Mädchen hat einen runden Bauch. Ihr Bauch ist etwas zu rund. Und nun muss sie die ganze Nacht am Bahnsteig stehen, weil einer von den 57 nicht versichert war. Und nun zählt sie die ganze Nacht die Waggons. Eine Lokomotive hat 18 Räder. Ein Personenwagen 8. Ein Güterwagen 4. Das Mädchen mit dem runden Bauch zählt die Waggons und die Räder – die Räder die Räder die Räder – – – – 78, sagt sie einmal, das ist schon ganz schön.

62, sagt sie dann, das reicht womöglich nicht. 110, sagt sie, das reicht. Dann lässt sie sich fallen und fällt vor den Zug. Der Zug hat eine Lokomotive, 6 Personenwagen und fünf Güterwagen. Das sind 86 Räder. Das reicht. Das Mädchen mit dem runden Bauch ist nicht mehr da, als der Zug mit seinen 86 Rädern vorbei ist. Sie ist einfach nicht mehr da. Kein bisschen. Kein einziges kleines bisschen ist mehr von ihr da. Sie hatte keine blaue Blume und keiner spielte für sie Klavier und keiner mit ihr Skat. Und der liebe Gott hatte keinen Löffel für sie. Aber die Eisenbahn hatte die vielen schönen Räder. Wo sollte sie sonst auch hin? Was sollte sie sonst wohl tun? Denn der liebe Gott hatte nicht mal einen Löffel. Und nun ist von ihr nichts mehr über, gar nichts mehr über.

Nur ich. Ich bin noch unterwegs. Noch immer unterwegs. Schon lange, so lang schon lang schon unterwegs. Die Straße ist lang. Ich komm die Straße und den Hunger nicht entlang. Sie sind beide so lang.

Hin und wieder schrein sie los. Links auf dem Fußballplatz. Rechts in dem großen Haus. Da schrein sie manchmal los. Und die Straße geht da mitten durch. Auf der Straße geh ich. Ich bin Leutnant Fischer. Ich bin 25. Ich hab Hunger. Ich komm schon von Woronesch. Ich bin schon lange unterwegs. Links ist der Fußballplatz. Und rechts das große Haus. Da sitzen sie drin. 1000. 2000. 3000. Und keiner sagt ein Wort. Vorne machen sie Musik. Und einige singen. Und die 3000 sagen kein Wort. Sie sind sauber gewaschen. Sie haben ihre Haare geordnet und reine Hemden haben sie an. So sitzen sie da in dem großen Haus und lassen sich erschüttern. Oder erbauen. Oder unterhalten. Das kann man nicht unterscheiden. Sie sitzen und lassen sich sauber gewaschen erschüttern. Aber sie wissen nicht, dass ich Hunger hab. Das wissen sie nicht. Und dass ich hier an der Mauer steh – ich, der von Woronesch, der auf der langen Straße mit dem langen Hunger unterwegs ist, schon so lange unterwegs ist – dass ich hier an der Mauer steh, weil ich vor Hunger vor Hunger nicht weiter kann. Aber das können sie ja nicht wissen. Die Wand, die dicke dumme Wand ist ja dazwischen. Und davor steh ich mit wackligen Knien – und dahinter sind sie in sauberer Wäsche und lassen sich Sonntag für Sonntag erschüttern. Für zehn Mark lassen sie sich die Seele umwühlen und den Magen umdrehen und die Nerven betäuben. Zehn Mark, das ist so furchtbar viel Geld. Für meinen Bauch ist das furchtbar viel Geld. Aber dafür steht auch das Wort PASSION auf den Karten, die sie für zehn Mark bekommen. MATTHÄUS-PASSION. Aber wenn der große Chor dann BARRABAS schreit, BARRABAS blutdurstig blutrünstig schreit, dann fallen sie nicht von den Bänken, die Tausend in sauberen Hemden. Nein und sie weinen auch nicht und beten auch nicht und man sieht ihren Gesichtern, sieht ihren Seelen eigentlich gar nicht viel an, wenn der große Chor BARRABAS schreit. Auf den Billetts steht für zehn Mark MATTHÄUS-PASSION. Man kann bei der Passion ganz vorne sitzen, wo die Passion recht laut erlitten wird, oder etwas weiter hinten, wo nur noch gedämpft gelitten wird. Aber das ist egal. Ihren Gesichtern sieht man nichts an, wenn der große Chor BARRABAS schreit. Alle beherrschen sich gut bei der Passion. Keine Frisur geht in Unordnung vor Not und vor Qual. Nein, Not und Qual, die werden ja nur da vorne gesungen und gegeigt, für zehn Mark vormusiziert. Und die BARRABAS-Schreier die tun ja nur so, die werden ja schließlich fürs Schreien bezahlt. Und der große Chor schreit BARRABAS. MUTTER! schreit Leutnant Fischer auf der endlosen Straße. Leutnant Fischer bin ich. BARRABAS! schreit der große Chor der Saubergewaschenen. HUNGER! bellt der Bauch von Leutnant Fischer. Leutnant Fischer bin ich. TOR! schreien die Tausend auf dem Fußballplatz. BARRABAS! schreien sie links von der Straße. TOR schreien sie rechts von der Straße. WORONESCH! schrei ich dazwischen. Aber die Tausend schrein gegenan. BARRABAS! schrein sie rechts. TOR! schrein sie links. PASSION spielen sie rechts. FUSSBALL spielen sie links. Ich steh dazwischen. Ich. Leutnant Fischer. 25 Jahre jung. 57 Millionen Jahre alt. Woronesch-Jahre. Mütter-Jahre. 57 Millionen Straßen-Jahre alt Woronesch-Jahre. Und rechts schrein sie BARRABAS. Und links schrein sie TOR. Und dazwischen steh ich ohne Mutter allein. Auf der wankenden Welle Welt ohne Mutter allein. Ich bin 25. Ich kenne die 57, die sie bei Woronesch begraben haben, die 57, die nichts wussten, die nicht wollten, die kenn ich Tag und Nacht. Und ich kenne die 86 Iwans, die morgens mit offenen Augen und Mäulern vor dem Maschinengewehr lagen. Ich kenne das kleine Mädchen, das keine Suppe hat und ich kenne den Obergefreiten mit den Krücken. BARRABAS schrein sie rechts für zehn Mark den Saubergewaschenen ins Ohr. Aber ich kenne die alte Frau mit den drei Bildern am Bett und das Mädchen mit dem runden Bauch, das unter die Eisenbahn sprang. TOR! schrein sie links, tausendmal TOR! Aber ich kenne Timm, der nicht schlafen kann, weil er den alten Mann getreten hat und ich kenne die 57 rotäugigen Frauen, die bei dem blinden Mann Pyramidon einkaufen. PYRAMIDON steht für 2 Mark auf der kleinen Schachtel. PASSION steht auf den Eintrittskarten rechts von der Straße, für 10 Mark PASSION. POKALSPIEL steht auf den blauen, den blumenblauen Billetts für 4 Mark auf der linken Seite der Straße. BARRABAS! schrein sie rechts. TOR! schrein sie links. Und immer bellt der blinde Mann:PYRAMIDON! Dazwischen steh ich ganz allein, ohne Mutter allein, auf der Welle, der wankenden Welle Welt allein. Mit meinem bellenden Hunger! Und ich kenne die 57 von Woronesch. Ich bin Leutnant Fischer. Ich bin 25. Die anderen schrein TOR und BARRABAS im großen Chor. Nur ich bin über. Bin so furchtbar über. Aber es ist gut, dass die Saubergewaschenen die 57 von Woronesch nicht kennen. Wie sollten sie es sonst wohl aushalten bei Passion und Pokalspiel. Nur ich bin noch unterwegs. Von Woronesch her. Mit Hunger schon lange lange unterwegs. Denn ich bin über. Die andern haben sie bei Woronesch begraben. 57. Nur mich haben sie vergessen. Warum haben sie mich bloß vergessen? Nun hab ich nur noch die Wand. Die hält mich. Da muss ich entlang. TOR! schrein sie hinter mir her. BARRABAS! schrein sie hinter mir her. Die lange lange Straße entlang. Und ich kann schon lange nicht mehr. Ich kann schon so lange nicht mehr. Und ich hab nur noch die Wand, denn meine Mutter ist nicht da. Nur die 57 sind da. Die 57 Millionen rotäugigen Mütter, die sind so furchtbar hinter mir her. Die Straße entlang. Aber Leutnant Fischer kommandiert: Links zwei drei vier links zwei drei vier zickezacke BARRABAS die blaue Blume ist so nass von Tränen und von Blut zicke zacke juppheidi begraben ist die Infantrie unterm Fußballplatz unterm Fußballplatz.

Ich kann schon lange nicht mehr, aber der alte Leierkastenmann macht so schneidige Musik. Freut euch des Lebens, singt der alte Mann die Straße lang. Freut euch, ihr bei Woronesch, juppheidi, so freut euch doch solange noch die blaue Blume blüht freut euch des Lebens solange noch der Leierkasten läuft – – – –

Der alte Mann singt wie ein Sarg. So leise. Freut euch! singt er, solange noch, singt er, so leise, so nach Grab, so wurmig, so erdig, so nach Woronesch singt er, freut euch solange noch das Lämpchen Schwindel glüht! Solange noch die Windel blüht!

Ich bin Leutnant Fischer! schrei ich. Ich bin über. Ich bin schon lange die lange Straße unterwegs. Und 57 haben sie bei Woronesch begraben. Die kenn ich.

Freut euch, singt der Leierkastenmann.
Ich bin 25, schrei ich.
Freut euch, singt der Leierkastenmann.
Ich hab Hunger, schrei ich.
Freut euch singt er und die bunten Hampelmänner an seiner Orgel schaukeln. Schöne bunte Hampelmänner hat der Leierkastenmann. Viele schöne hampelige Männer. Einen Boxer hat der Leierkastenmann. Der Boxer schwenkt die dicken dummen Fäuste und ruft: Ich boxe! Und er bewegt sich meisterlich. Einen fetten Mann hat der Leierkastenmann. Mit einem dicken dummen Sack voll Geld. Ich regiere, ruft der fette Mann und er bewegt sich meisterlich. Einen General hat der Leierkastenmann. Mit einer dicken dummen Uniform. Ich kommandiere, ruft er immerzu, ich kommandiere! Und er bewegt sich meisterlich. Und einen Dr. Faust hat der Leierkastenmann mit einem weißen weißen Kittel und einer schwarzen Brille. Und der ruft nicht und schreit nicht. Aber er bewegt sich fürchterlich so fürchterlich.

Freut euch, singt der Leierkastenmann und seine Hampelmänner schaukeln. Schaukeln fürchterlich. Schöne Hampelmänner hast du, Leierkastenmann, sag ich. Freut euch, singt der Leierkastenmann. Aber was macht der Brillenmann, der Brillenmann im weißen Kittel? frag ich. Er ruft nicht, er boxt nicht, er regiert nicht und er kommandiert nicht. Was macht der Mann im weißen Kittel, er bewegt sich, bewegt sich so fürchterlich! Freut euch, singt der Leierkastenmann, er denkt, singt der Leierkastenmann, er denkt und forscht und findet. Was findet er denn, der Brillenmann, denn er bewegt sich so fürchterlich. Freut euch, singt der Leierkastenmann, er erfindet ein Pulver, ein grünes Pulver, ein hoffnungsgrünes Pulver. Was kann man mit dem grünen Pulver machen, Leierkastenmann, denn er bewegt sich fürchterfürchterlich. Freut euch, singt der

Leierkastenmann, mit dem hoffnungsgrünen Pulver kann man mit einem Löffelchen voll 100 Millionen Menschen totmachen, wenn man pustet, wenn man hoffnungsvoll pustet. Und der Brillenmann erfindet und erfindet. Freut euch doch solange noch, singt der Leierkastenmann. Er erfindet! schrei ich. Freut euch solange noch, singt der Leierkastenmann, freut euch doch solange noch.

Ich bin Leutnant Fischer. Ich bin 25. Ich hab dem Leierkastenmann den Mann im weißen Kittel weggenommen. Freut euch doch solange noch. Ich hab dem Mann, dem Brillenmann im weißen Kittel, den Kopf abgerissen! Freut euch doch solange noch. Ich hab dem weißen Kittelbrillenmann, dem Grünpulvermann, die Arme abgedreht. Freut euch doch solange noch. Ich hab den Hoffnungsgrünenerfindermann mittendurchgebrochen. Ich hab ihn mittendurchgebrochen. Nun kann er kein Pulver mehr mischen, nun kann er kein Pulver mehr erfinden. Ich hab ihn mittenmittendurchgebrochen.

Warum hast du meinen schönen Hampelmann kaputt gemacht, ruft der Leierkastenmann, er war so klug, er war so weise, er war so faustisch klug und weise und erfinderisch. Warum hast du den Brillenmann kaputt gemacht, warum? fragt mich der Leierkastenmann.

Ich bin 25, schrei ich. Ich bin noch unterwegs, schrei ich. Ich hab Angst, schrei ich. Darum hab ich den Kittelmann kaputt gemacht. Wir wohnen in Hütten aus Holz und aus Hoffnung, schrei ich, aber wir wohnen. Und vor unsern Hütten da wachsen noch Rüben und Rhabarber. Vor unsern Hütten da wachsen Tomaten und Tabak. Wir haben Angst! schrei ich. Wir wollen leben! schrei ich. In Hütten aus Holz und aus Hoffnung! Denn die Tomaten und Tabak, die wachsen doch noch. Die wachsen doch noch. Ich bin 25, schrei ich, darum hab ich den Brillenmann im weißen Kittel umgebracht. Darum hab ich den

Pulvermann kaputt gemacht. Darum darum darum – – –
Freut euch, singt da der Leierkastenmann, so freut euch doch solange noch solange noch solange noch freut euch, singt der Leierkastenmann und nimmt ausseinem furchtbar großen Kasten einen neuen Hampelmann mit einer Brille und mit einem weißen Kittel und mit einem Löffelchen ja Löffelchen voll hoffnungsgrünem Pulver. Freut euch, singt der Leierkastenmann, freut euch solange noch ich hab doch noch so viele viele weiße Männer so furchtbarfurchtbar viele. Aber die bewegen sich so fürchterlichfürchterlich, schrei ich, und ich bin 25 und ich hab Angst und ich wohne in einer Hütte aus Holz und aus Hoffnung. Und Tomaten und Tabak, die wachsen doch noch.

Freut euch doch solange noch, singt der Leierkastenmann.

Aber der bewegt sich doch so fürchterlich, schrei ich.

Nein, er bewegt sich nicht, er wird er wird doch nur bewegt.

Und wer bewegt ihn denn, wer wer bewegt ihn denn?

Ich, sagt da der Leierkastenmann so fürchterlich, ich!

Ich hab Angst, schrei ich und mach aus meiner Hand eine Faust und schlag sie dem Leierkastenmann dem fürchterlichen Leierkastenmann in das Gesicht. Nein, ich schlag ihn nicht, denn ich kann sein Gesicht das fürchterliche Gesicht nicht finden. Das Gesicht ist so hoch am Hals. Ich kann mit der Faust nicht heran. Und der Leierkastenmann der lacht so fürchterfürchterlich. Doch ich find es nicht ich find es nicht. Denn das Gesicht ist ganz weit weg und lacht so lacht so fürchterlich. Es lacht so fürchterlich!

Durch die Straße läuft ein Mensch. Er hat Angst. Seine Mutter hat ihn allein gelassen. Nun schrein sie so fürchterlich hinter ihm her. Warum? schrein 57 von Woronesch her. Warum? Deutschland, schreit der Minister. Barrabas, schreit der Chor. Pyramidon, ruft der blinde Mann. Und die andern schrein: Tor. Schrein 57mal Tor. Und der Kittelmann, der weiße Brillenkittelmann, bewegt sich so fürchterlich. Und erfindet und erfindet und erfindet. Und das kleine Mädchen hat keinen Löffel. Aber der weiße Mann mit der Brille hat einen. Der reicht gleich für 100 Millionen. Freut euch, singt der Leierkastenmann.

Ein Mensch läuft durch die Straße. Die lange lange Straße lang. Er hat Angst. Er läuft mit seiner Angst durch die Welt. Durch die wankende Welle Welt. Der Mensch bin ich. Ich bin 25. Und ich bin unterwegs. Bin lange schon und immer noch unterwegs. Ich will zur Straßenbahn. Ich muss mit der Straßenbahn, denn alle sind hinter mir her. Sind furchtbar hinter mir her. Ein Mensch läuft mit seiner Angst durch die Straße. Der Mensch bin ich. Ein Mensch läuft vor dem Schreien davon. Der Mensch bin ich. Ein Mensch glaubt an Tomaten und Tabak. Der Mensch bin ich. Ein Mensch springt auf die Straßenbahn, die gelbe gute Straßenbahn. Der Mensch bin ich. Ich fahre mit der Straßenbahn, der guten gelben Straßenbahn.

Wo fahren wir hin? frag ich die andern. Zum Fußballplatz? Zur Matthäus-Passion? Zu den Hütten aus Holz und aus Hoffnung mit Tomaten und Tabak? Wo fahren wir hin? frag ich die andern. Da sagt keiner ein Wort. Aber da sitzt eine Frau, die hat drei Bilder im Schoß. Und da sitzen drei Männer beim Skat nebendran. Und da sitzt auch der Krückenmann und das kleine Mädchen ohne Suppe und das Mädchen mit dem runden Bauch. Und einer macht Gedichte. Und einer spielt Klavier. Und 57 marschieren neben der Straßenbahn her. Zickezackejuppheidi schneidig war die Infantrie bei Woronesch heijuppheidi. An der Spitze marschiert Leutnant Fischer. Leutnant Fischer bin ich. Und meine Mutter marschiert hinterher. Marschiert 57 millionenmal hinter mir her. Wohin fahren wir denn? frag ich den Schaffner. Da gibt er mir ein hoffnungsgrünes Billett. Matthäus – Pyramidon steht da drauf. Bezahlen müssen wir alle, sagt er und hält seine Hand auf. Und ich gebe ihm 57 Mann. Aber wohin fahren wir denn? frag ich die andern. Wir müssen doch wissen: wohin? Da sagt Timm: Das wissen wir auch nicht. Das weiß keine Sau. Und alle nicken mit dem Kopf und grummeln: Das weiß keine Sau. Aber wir fahren. Tingeltangel, macht die Klingel der Straßenbahn und keiner weiß wohin. Aber alle fahren mit. Und der Schaffner macht ein unbegreifliches Gesicht. Es ist ein uralter Schaffner mit zehntausend Falten. Man kann nicht erkennen, ob es ein böser oder ein guter Schaffner ist. Aber alle bezahlen bei ihm. Und alle fahren mit. Und keiner weiß: ein guter oder böser. Und keiner weiß: wohin. Tingeltangel, macht die Klingel der Straßenbahn. Und keiner weiß: wohin? Und alle fahren: mit. Und keiner weiß – – – – und keiner weiß – – – – und keiner weiß – – – –